고래 2016

고래 2016

—

초판 1쇄 2016년 11월 25일
지은이 강은교 · 김형영 · 윤후명 · 정희성
펴낸이 김영재
펴낸곳 책만드는집

—

주소 서울 마포구 양화로3길 99 4층 (04022)
전화 3142-1585·6
팩스 336-8908
전자우편 chaekjip@naver.com
출판등록 1994년 1월 13일 제10-927호
ⓒ 강은교 · 김형영 · 윤후명 · 정희성, 2016

—

ISBN 978-89-7944-587-9 (04810)
ISBN 978-89-7944-354-7 (세트)

책 만 드 는 집
시인선 088

2016

7 0 년 대 동 인 의 시

강 은 교

김 형 영

윤 후 명

정 희 성

책만드는집

| 차례 |

김형영

윤후명

정희성

개망초꽃을 아세요?

강은교

우리는 매달 '마월'(마지막 월요일)에 만난다. 우리의 이름은 가끔 '밍크고래'이기도 하고, 어떤 때는 '돌고래'이기도 하다. 그런 이름들을 쓴 메일이, 메시지가 서로 교환된다. "요새 어떻게 사세요, 은교 씨?—밍크고래, 아니 돌고래로부터", "어디쯤 오십니까, 밍크고래 은교 씨?—형영고래" 하는 메시지를 받기라도 할라치면 나는 갑자기 20대가 된 기분이다. '70년대'라는 젊을 적의 한 동인이 칠순들이 되어 동인 시집을 내며 모인 지도 어느새 다섯 해째, 동인의 이름은 여러 가지 연유로 '고래'로 되었다(『고래』 1집 참조). 젊을 적의 '새우'스러운 동인이 이제 '고래'라는 거대한(?) 동인이 되었다고나 할까? 너무 자화자찬인가?

김형영 시인은 전주제지 종이 수첩과 일제 붓펜을 들고 나타나서 "시 구절 하나씩 쓰라"고 하기도 하고, 정희성 시인은 동인들의 얼굴을 찍느라 무거운 캐논 카메라를 들고 나타나기도 하고, 윤후명 시인은 멋있게 표구한 엉겅퀴 그림(화가 윤후명의 주제는 엉겅퀴이다)을 들고 나타나기도 한다. 아무것도 내놓을 것이 없는 나는 카스테라거나, 잘 살피지도 않고 상인이 권하는 대로 산 탓에 지나치게 익어버린 포도를 사 들고 나타난다.

한동안은 '무다헌'이라는 인사동의 한 찻집(주인이 시인이었으므로 얼마든지 우리끼리 떠들 수 있었다)에서 만났었으나, 아마도 우리같이 몇 시간씩 어깨를 웅숭그린 채 떠드는 시인들밖에 손님이 없어서 그랬던지, 얼마 전 문을 닫고 말았다. '무다헌'에서 동인 시집 두 권이 나왔고, 자축 출판기념회도 두 번이나 열었었는데…….

'무다헌'이 사라지기 전 찍은 '무다헌' 사진이 있어 새삼 들여다보니, 담쟁이가 엉켜 올라간 고동빛의 격자무늬가 있는 창 앞에 '카페 문화나눔 공간, 무다헌'이라는 광고판과 함께 '충무김밥'이라고 검은 바탕체의 글씨로 쓴 커다란 헝겊 포스터의 광고판이 낡은 자줏빛의 카펫이 깔린 계단 옆에 수줍은 듯이 서 있다. "수줍은 듯이 서 있다"라는 표현을 쓴 것은 그 몇 계단 안 되는 키 작은 계단 옆에 선 광고판의 글씨들이 '무다헌無茶軒'이라는 한자체의 고풍스러운 글씨와 '카페 나눔공간'이라는 포스터의 명칭, 게다가 그 옆에 서 있는 '충무김밥─즉시 배달'이라는 포스터와 서로 너무 안 어울리는 것 같았기 때문이다.

안으로 들어가 보면 칸막이가 된 아주 고풍스러운 의자와 탁자들이 나란히 놓여 있다. 그 구석의 한 테이블(밖에서는 잘 안 보인다)에서 윤후명의 담배 연기를 서로 피하며 동인들이 웅크리고 앉아 있던 모습은 낡은 자줏빛 카펫을 안고 웅숭그리고 있던

9

키 작은 계단의, 당장이라도 반가워 웃고 싶지만 너무 기운이 없어요, 하는 듯한 모습과 아주 어울려 보인다. 하긴 문학은 만남인지도 모른다. 이런저런 인생을 살아가면서도 한데 묶일 수 있는 문학, 특히 시라는 광장, 아마도 문학은, 특히 시는 그런 광장의 한 좁고 오래된, 한땐 빛났을 낡은 카펫을 깐 계단인지도 모른다.

거기서 여주인 강 시인은 멸치 접시를 날라 왔으며 때로는 떡을, 콩국수를, 때로는 과자와 사과와 방울토마토를 날라 왔다. 내가 산, 너무 단 케이크가 그 유리판이 깔린 탁자 위에 놓인 적도 있었다. 그럴 때면 꼭 누군가가 "나는 당뇨가 있어서……. 너무 달지 않아?" 하고 목쉰 소리를 내곤 했다.

그런데 마침 '무다헌'이 문을 닫던 날이 우리의 '마월 모임'이 있던 날이어서 마지막으로 실려 나가는 의자와 소파에서 떨어지는 먼지알에 작별의 인사를 하기도 했다. 그리고 그다음부터는 만날 곳이 없으니 어찌할까 하다가 지하철 경복궁역 3번 출구에서 만나 점심을 먹고, 근처 서촌에 있는 윤후명 동인의 작업실로 간다. 표구도 안 한 그림들과 의자 몇 개와 탁자 하나가 달랑 한구석에 놓여 있는 윤후명의 작업실은 꽤 넓고 모든 편의 시설이 잘 갖춰져 있어 우리가 떠들기에 안성맞춤이다.

우리는 아무도 듣는 이 없는 여기서 더 큰 소리로 웃고 떠든다. 문학론도 있고, 문단 소식 같은 것도 있고, 우스개 이야기도 있고, 진지한 문학 토의도 있다. 우리는 젊은 시절 '70년대' 동인을 결성하던 시절부터 지금까지 어떤 문학적 에콜도 만들지 않고,

서로의 문학 행위에 어떤 간섭도 하지 않은 채 아주 자유스러운 문학을 해왔다. 아마도 그런 자유정신이 오늘 기성의 우리를 한데 모이게 해줄 수 있는 힘이 되지 않았을까, 싶기도 하다.

아무튼 마월 모임은 이제 나의 인생에 없어서는 안 될 모임이 되었다. 김형영 동인은 갑자기 "아베마리아 할 때 아베가 무슨 뜻인지 알아요?" 하는 종교적 질문을 던지는 바람에 좌중을 숙연한 침묵에 빠지게도 하고, 윤후명 동인은 술을 안 마시는 대신 줄담배를 피워대면서 말끝마다 눈 깜짝 안 하고 개그를 해대는 바람에 동인들의 웃음줄을 건드려 폭소가 한바탕 돌게 한다. 정희성 동인은 스마트폰의 대가이다. 우리들이 구세대라면 정 동인은 신세대이다. "이 메시지를 어떻게 보내지? 이걸 어떻게 저장하지?" 하면 "희성이에게 해달라고 그래!"라고 누군가 말하기 마련이다.

그러나 이 고래 동인의 마월 모임이 지속되는 이유 중 가장 큰 것은 문학적 만남에서 오는 자극일 것이다. 오랫동안 문학이라는 걸 했으므로 나올 수 있는 이야기, 거기서 우리는 분명 새로운 자기 세계의 진화를 경험하곤 한다.

하긴 가끔 신기할 때도 있다. 처음 젊을 적 만났던 동인 중 두 사람을 제외한 전원이 아직도 문학의 끈을 놓지 않고 있다는 것, 아직도 그 세계를 놓지 않았을 뿐 아니라 거기에 매달려 산다는 것, 대체로 현직에서 떠난 후 사진과 글씨(정희성), 걷기 또는 영화의 달인으로서의 활동(김형영), 대략 50대 이전부터 해오긴

2015년 봄 부산 광안리에서

했지만 요즘 들어 더욱 왕성해진 윤후명의 그림 등 소소한 문학 외의 자리를 만들고 있긴 하지만 삶의 가장 중앙에 커다랗게 놓인 것은 문학, 그중에서도 시뿐이라는 것, 거기서 낙오하지 않고 있다는 것이 말이다.

그동안 우리는 1년에 한 번씩은 꼭 부산 나들이(광안리 바닷가 거닐기, 시티투어 버스 이층석 바람 맞으며 타기…… 등)를 했으며, 어느새 금년의 출간이 세 번째가 된 동인들의 합동 시집『고래』를 출간하고『고래』1집과 2집 출간에 이어 출판기념회를 가졌다. 특히 지난여름 부산 나들이 대화들(잡지《사이펀》에 의한 문학 토크)에서의 동인들의 문학을 대중 앞에 내보이는 것으로서 아주 유익한 것이었다.

지난 9월엔가 강릉 출신인 윤후명 동인이 강릉의 문학도서관 명예관장으로 위촉된 바람에 강릉에 초대되어 간 날, 경포대 모래밭 앞에서 수평선을 바라보며 했던 김형영 동인과의 대화는 이 가을바람 끝에서 점점 더 커지는 것만 같다.

"개망초꽃 아세요?"

"그럼 알죠……. 그런데 왜요?"

"양재천 변을 거닐다 보면 개망초꽃이 피어 있는데, 한 송이가 피어 있는 것은 보잘 것이 없고 눈에 잘 띄지도 않아요. 거기 꽃이 핀 줄도 몰랐죠. 그런데 어느 지점엔가 가니까 개망초꽃이 군락지같이 한데 모여 피어 있는데, 볼 만합디다. 혼자서는 안 되니까 무더기로 모여 피어서 자기 존재를 알려요. 아주 아름답더라구요."

'걷기의 시인' 김형영 동인이 꺼낸 말이다. 요즘의 내 시에 대한 고민을 이야기하다가 문득 그가 한 말이다. 김 시인이 어떤 의도에서 했는지 아직도 그 깊은 속을 모르긴 하지만, 한국 시단에선 이미 기성인 우리의 시들이 빠져 있기 쉬운 '정형화'─자칫 잘못하면 '상투화'에까지 빠지는─에 대한 이야기가 아니었을까, 생각한다. 기성의 우리라 함은 우리 각자 나이를 먹고 시집도 몇 권씩 내다 보니 일종의 자기 정형화에 빠진 점도 많으리라는 점에서 하는 이야기이다. 하긴 그의 이야기는 더 나아가 시의 연륜과 시와의 관계에 대한 이야기가 될 수도 있겠고, 우리 동인들의 현재적 문학 모임에 대한 이야기일 수도 있겠다. 우리 각자는 어디로 갈지 모르는 작은 시인들일 수 있으나, 이렇게 한데 모여 활동을 함으로써 문학적인 성장이 이루어진다는 뜻의. 너무 나의 세속적인 해석일까?

어쨌든 문학은, 특히 시는 이 스마트폰 시대에도 사라지지 않

을 것이다. 아마 더 확산되리라고 믿는다. 이 시대의 주역인 이
미지—이를 간間이미지라고 나 혼자 부르기도 하지만—가 가장
잘 나타날 수밖에 없는 시는 우리를 이 시대의 차디찬 시멘트의
광장에서도 따뜻한 불을 켜고 만나게 할 것이며 꿈을 꾸게 할 것
이다. 그리고 그 꿈은 은하로, 또는 불멸로 가는 다리를 놓을 것
이다. 문학이 세계의, 또는 삶의 비판이며 옹호이며 절규, 또는
비명 소리인 한.

아아, 문학이여, 시여, 힘 있으라. 계속 진화하라. 진화의 불꽃
을 돛대처럼 올리라.

이 글의 끝에 2013년도에 한 신문에 썼던 나의 칼럼 '삶이여
생큐'의 마지막 문단을 사족처럼 붙인다.

오늘도 나는 밤늦은 기차 속에서 우리의 동인들의 웃음이 떠다니
는 것을 본다. 이제는 삶을 어루만질 수 있는 나이가 되어 모든 것을
축복으로 여길 수 있게 된 동인들. 예술은 그런 것이 아닐까. 가능한
한 따스함을 꺼내는 것. '어둡고 찬 바람 부는 좁은 골목길'에서 '한
없이 넓은 꽃 핀 정원'을 꺼내는 것. 아마도 그것은 모든 예술의 궁극
적인 목적이며, 고향 같은 젊은 날이 주는 것일 것이다. 어두운 그 찻
집에 오늘은 따스함의 분홍 구름이 떠다니고 있다. 아 삶이여, 나에
게 시를 주서서 생큐. 함께 시의 길을 가고 있는, 이제는 '늙었으나
젊은' 문학 친구들을 주서서 생큐. 바라건대 언제나 오늘이기를. 분
홍 구름이기를.

강은교

그 소녀

그 소녀를 또 보았다, 실에 끌려가는 아이처럼, 부끄럽게 살살 살살 비단 손수건이 대리석 바닥에 쓸리듯, 꽃무늬 자수가 팔랑 개비 날개에 수놓아지듯 그렇게 조심스럽게, 밀랍종 같은 젖을 달랑거리며 등뼈를 잔뜩 구부린 채, 그곳은 오른편 손으로 가리고 운명처럼 간병인의 손에 끌려가고 있었다, 그 끌림에선 또– 또–또–또 하는 소리가 들리는 것 같았다, 물레 실이 풀리는 소리? 강간당하던 시간의 추억 같은 소리?

그 소녀는 물레 같다
실이 솔솔 풀리는 실패처럼 빨간 간병인의 손에 끌려온다, 오늘은 피곤한 듯 골똘한 부끄러움, 부끄러움이 솔솔 달아나는 부드러움, 들판 같은 고요, 고요를 꿰매는 자수바늘, 마치 뜰을 들여다보는 것처럼 막막히 벽에 끼인다, 비단길 또는 은하처럼

청계폭포

나 늙고 늙었다
흰 머리칼 시간의 장대에 매달려 깃발처럼 펄럭인다
쭈글거리는 살은 어둠의 장식 같은 것
혀는 꿈꾸고 꿈꾼다
돌의 날개밭을
지층이란 지층들이 부활의 동굴로 걸어 들어가는 것을
어느 밤엔가는 천둥소리 흩날리며
번개의 은빛 장대 휘두르리

나 늙고 늙었으나
네가 껴입은 내 눈썹 도도히 흐르니
부활의 동굴에서 그가 일어서는 것처럼
그렇게 일어서리
장대하게 장대하게 펄럭이리

운조의 현絃
—기다리는 사람들, 틈

넓고도 흰 길로 가지 마시고 / 좁고도 밝은 길로만 가소서 극
락으로 나아가소서 / 운조여

거기엔 기다리는 사람들이 먼나무 열매처럼 눈시울 붉히고
강물에 매달려 있었지

자유리 평화읍 자비군 은총동, 너의 길 번호는 419419

가슴에 가득 찬 기도들 곁에서
흩날리는 애무들 곁에서
시든 갈대 모래톱을 두드리는 미열들 가운데에서

자유리 평화읍 자비군 은총동, 너의 길 번호는 419419

내가 모르는 나의 미래
접시에 고이 담은 황무지
시린 발목 찬 바람에 붉게 적시며
등불 향하여

자유리 평화읍 자비군 은총동, 너의 길 번호는 419419
_____「기다리는 사람들」

*

그대가 틈을 이해한다면
혈관의 틈이라든가
기도의 틈이라든가
미래의 틈이라든가
추락의 틈이라든가

한밤에 흐르는 나뭇가지, 틈 속에서 익어감을 이해한다면
저 깃발도 어둠의 틈을 싣고서 펄럭임을 이해한다면
저 그림자도 그림자의 틈을 싣고서 떠나감을 이해한다면
저 오솔길도 틈 지면서 그대를 싣고 감을 이해한다면

모든 첫사랑들의 틈이 무릎걸음으로 부끄럽고 부끄럽게 나아

감을 이해한다면

　모든 울음의 틈이 떨리면서 부끄럽고 부끄럽게 공기를 두드
리는 것을 이해한다면

　새들의 틈이 가장 높은 가지 끝에 부끄럽고 부끄럽게 앉는 것
을 이해한다면

　모든 장례식들이 영원의 틈을 부끄럽고 부끄럽게 안는 것을
이해한다면

　　　아야, 그대가 저 강물 틈을 열고 들어오는 것을 이해한
　　　다면

　그대가 모르는 그대의 미래,
　(이메일처럼 떠도는 전쟁들
　설 곳 없는 평화들)

　꿈꾸고 다시 꿈꾸라
　　　＿＿＿＿＿「틈」

넓고도 흰 길로 가지 마시고 / 좁고도 밝은 길로만 가소서 극

락으로 나아가소서 / 운조여

우다다미술학원

거기엔 눈부신 동사들이 걸어 다닌다 :
　　속삭이다, 더불다, 이어주다 등

거기엔 즐거운 명사들이 걸어 다닌다 :
　　별, 꿈, 꽃, 희망 등등

거기엔 오솔길 같은 형용사들이 걸어 다닌다 :
　　은하수 같은, 따스한, 하느님 같은 등등등

거기엔 다정한 부사들이 걸어 다닌다 :
　　향기롭게, 나팔꽃같이, 작디작게 등등등등

거기엔 축일 같은 번호들이 걸어 다닌다 :
　　초등학교 시절 1학년 4반, 함께 공부한 세 친구 5번 선
희, 47번 홍건이, 45번 동건이 등등등등등

아, 거기엔 모퉁이 같은 꿈들이 걸어 다닌다 :
　　지난밤에 꾼 꿈, 지지난밤에 꾼 꿈, 그대가 비로소 나

타난 꿈 둥둥둥둥둥둥

웰컴 투 우다다
웰컴 투 우다다

운조의 현絃
-모개신, 밤 강물 소리

갈 때는 천 리 / 올 때는 만 리 / 남빛 물명주, 뭉게뭉게 펄럭
이니 / 바람질에 실려라 / 구름질에 실려라 / 앞장서는 한 천
리 / 앞장서는 한 만 리

아마 거기로 가고 있었을 게야
총소리도 들렸을 게야
밤은 아마 칠흑처럼 어두웠을 것이고
흰 달 인 억새 밤새도록 서걱이고
어디서 툭 떨어지는 솔방울 몸 푸는 소리도 들렸을 게야
아마 달빛이 괴괴하게 등을 굽히고 있었을지도 몰라
어디서 괭이 우는 소리도 들렸겠지

별들이 남빛 입술로 떨고 있었을지도 몰라
피의 냄새가 향수처럼 옷깃을 스쳤을까

멀리서 들려오는
그릇 소리 버선발로 몸부림치는,
두근두근두근

툇마루엔 뒹구는 언약들
눈웃음치는 지금들 지금들 지금들

그래 아직도 들릴 게야
총소리도 들릴 게야
가끔 눈썹 밑으로 내다보는 밤은 수군수군수군
칠흑처럼 어두울 것이고

모개신, 모개신, 그대가 젖은 품에 모시고 가는 모개신
　　_____「모개신」

*

둥근 처마에
흰 손 아득히 흔드는
밤 강물 소리

새벽 종소리도 종종걸음 친다

행여 잊힐라
행여 잊을라
　　_____「밤 강물 소리」

앞장서는 한 천 리 / 앞장서는 한 만 리 / 갈잎에 다부지 소리
도 서릇서릇 / 집으리다, 한 모로이 달려 달려 한 천 리 / 집으
리다, 두 모로이 달려 달려 한 만 리

萬道裏 국숫집 또는 낯선 길에서

언제나 신발이 그득 앉아 있다가 내가 들어서면 놀란 듯 일어
서는 만도리 국숫집
한자로 만도리萬道裏라고 자랑스럽게 휘갈긴 현판 같은 간판
을 들고 있는 입구 볕 잘 드는 유리문 앞 한켠엔 꽃무늬 자수 비
단 방석을 깐 팔걸이의자가 하나 길 밖을 바라보며 놓여 있고,
또 한켠엔 양념 독들이 가득 먼눈 껌벅이고 서 있는 그곳

아마도 골프 대회에서 탄 것인 듯 홀인원 상장이 벽에 기대앉
은 그 집, 사장 이름은 만도
오렌지빛 황토벽에는 구름을 들고 있는 소년이라든가 날아가
는 새 따위, 비단 자수의 꽃무늬와 무지개, 그런 것의 그림들이
새겨져 앉아 있다

소나무로 칸을 친 구역마다 이름이 붙어 있다, 5통 5반, 3통 3
반, 1통 1반 등등등등
화장실은 '통시'라는 순우리말이 새겨져 있고, 효자가歌가 변
기 앞에 굵은 먹글씨로 써 있으며 오렌지색 원목의 대들보가 버
티고 있는 부르튼 소나무 상 밑

모든 음식이 조개로만 되어 있는 조개칼국수, 조개정식, 조개
눈전골, 조개심장구이, 조개신장탕……,

　마치 지금 마악 배를 타려는 늙은 선원처럼 허공을 향해 손짓
을 하며

　마치 어서 오세요, 어서 잡수세요라는 듯 목청도 높이 수다를
떠는

　아, 만도리,

　만 개의 길 안,

　우리는 거기 서서 가슴 저리며 만나고 있는 걸까

　국수 가락 철철 흘리며 다음 골목을 향하여 희어지는 머리카
락, 펄럭이는 것일까

　오래된 길 안에 서서

　심장으로 된 상 앞에 앉아

　신장 쟁반으로 칼국수를 먹는 우리

볕도 잘 드는 만도리
만 개의 길 안
늘어앉아 있는 신발을 찾아 신으며
우리는 떠난다,
카드의 서명을 하며, 이쑤시개로 이빨을 쑤시며
오래된, 낯선 길
언제나 처음 가는
만 개의 길 밖
두근두근 첫사랑의 길

가끔 여기가

가끔 여기가 아주 낯설어질 때가 있다

꿈결들은 돌진한다
고동빛 머리칼이 심장 속으로 돌진한다
그릇들이 무릎 속으로 돌진한다

저것들이 내가 먹는 약들인가?
처음 보는 약통들이다
약통들이 미간을 씰룩거린다

저 계단들이
내가 저녁이면 오르는
집으로 돌아가는 그 계단인가

저 흠이 있는 현관문이
나의 집으로 들어가는 비밀의 통로인가,
나는 저기서 매일 영원과 이별하는가

그 검색원은 모자를 벗으라고 했다
내 머리는 바람을 받으며 장식 못처럼
검은 엑스레이를 받아 들었다
말없이 말을 받아 들었다

나는 검은 엑스레이에 대고 묻는다
너는 꿈인가? 너는 꿈의 테두리인가?
검은 엑스레이는 메아리처럼 물결쳐 대답한다
너는 꿈인가? 꿈의 테두리인가?

우리는 검은 폭포 위에 수직으로 추락하며 합창한다
너는, 너는 꿈인가, 꿈의 테두리인가,고
너는, 너는 꿈의 여명인가, 여명의 꿈인가,고

명순 양의 결혼식

우레 한번 던지시니 물길 흐르고 / 삼십삼천, 물값 길값 기도
가득 실으셨네 / 뼈마디도 시려워라 살마디도 시려워라

이런 꿈을 꿨지요,
지금, 지금, 지금이 여기로 오는 꿈
심장을 두드리는 은수저 소리도 아득히
뼈마디 살마디 이불 터는 소리도 아득히
물값 길값 기도 가득 싣고
님이 여기로 오시는 꿈
여기가 부활의 동굴 되는 꿈

풍경 하나 걸어 들어온다

에피소드 1 :

그 여자는 너무 진하게 염색했다
그러나 그것은 그녀의 미덕

그 여자의 다 닳은

명품스러운 핸드백

그것은 그녀의 미덕

그 여자는 늘 나에게 금방 닭이 낳은 따뜻한 계란을 주었다

그 여자는 늘 나에게 한창인 붉은 보리수 열매를 주었다

그 여자는 무성하게 뜰을 덮은 머윗잎을 주었다

머윗잎을 들추니 개미들이 가득 있었다

그것들은 이리 뛰고 저리 뛰고 이리로 몰리고 저리로 몰리고

은반지처럼 헤매고 있었다

   풍경 하나 걸어 들어온다

   에피소드 2 :

   그는 안주머니에서 조심히 카드지갑을 꺼냈다

   천 원짜리 석 장과 만 원짜리 한 장이 곱게 접혀 있는 검은 카
드지갑

   종소리 울리며 타일 바닥에 떨어지는 동전 일곱 개

무릎에 박은 철근 뼈도 아득히
심장에 박은 스테인리스 혈관도 아득히

지금, 지금, 지금아,
여기로 오라,
너에게 지금이 없다면
네가 지금, 지금을 만지지 않는다면
네가 지금, 지금, 지금이 아니라면

　　풍경 하나 걸어 들어온다

　　에피소드 3 :

그 여자는 아마 죽는 날까지 화장실 문을 고치지 않을 거야
늘 페트병에 뜨거운 물을 넣어 나의 가슴에 안겨주던 여자
수천의 고무장갑을 꽃처럼 목에 걸며
표백제에 가슴 적시며

'일어나, 일어나, 누구나 실패할 수 있어'

쉬임 없이 유행가를 불러젖히던 그 여자

이제는 자유자재로 뚱뚱해진 허리를 흔들며 전문가 같은 솜
씨로 벽을 칠하는, 어떤 때는 분홍으로, 어떤 때는 구름색으로,
폭풍색으로, 쓰나미색으로 칠하는 여자

오늘은 백팔 계단에 처억 치마 끝을 걸치고 앉아 시간을 저울
질한다

　　　　이런 꿈을 꿨지요

지금, 지금, 지금이 여기로 오는 꿈

여기가 부활의 동굴 되는 꿈

너에게 지금이 없다면

네가 지금, 지금을 만지지 않는다면

네가 지금, 지금이 아니라면

　　　　풍경 하나 걸어 들어온다

에피소드 4 :

그는 빨간 대머리를 흔들며 말한다
'참 괜찮게 물들었죠? 나도 어떻게 그렇게 되었는지 모르겠다니까'

그의 낡은 갈색 구두가 후덥지근한 바람을 안고 반짝인다 구두에서 갈색의 인생 잎들이 떨어진다

'한번 만난 사람들은 결코 잊지 않아요, 영원히 기억하죠, 지층처럼'

움칠움칠 명함을 내민다

기타 에피소드
기타 에피소드

이런 꿈을 꾸었죠

살덩이와 푸른 채소의 엉덩이들이 우연의 소스에 안겨 한 덩어리로 춤추고 있는 햄버거의 꿈이라든가

무수한 길 쑤셔 넣고 걸어가는 신발 등에서 흘러내리는 땀들의 꿈이라든가

당신이 에피소드에 쓰다듬기며 에피소드가 되며 비단 스카프 펄럭이는 꿈, 神의 기계 또는 비애와 매혹의

우레 한번 던지시니 물길 흐르고 / 삼십삼천, 물값 길값 기도
가득 실으셨네 / 뼈마디도 시려워라 살마디도 시려워라

영원에 바치는 세 개의 노트

I

지누시무용연구소에 나는 한 번도 가보지 않았다, 그러나 나
는 안다, 거기 계단은 삐걱거릴
것이며 창틀은 분홍빛이리라,
황혼이 걸터앉거나, 이른 새벽
이 걸터앉으리라, 황혼 또는 이
른 새벽이 걸터앉는 순간의 창
문을 나는 안다, 발레를 배우는
분홍 소녀들이 아마도 거리를
향해 뺨이 바알갛게 되어 고딕
체 페인트 검은 글씨들이 널부
러져 있는 창문에서 김처럼 솟
아오르리라

세 발레리나가 허공을 들고 춤추는 유치한 포스터, 하늘 밑에
그려져 있기에 하늘을 들고 있
는 것 같을 뿐 곧 비바람에 만신

창이가 될, 아니 갈기갈기 찢어
져 버릴, 허공에서 다리를 곧게
펴고 있는 지누시의 소녀들

창문은 아마도 신호등의 빨간불을 바라보고 있으리라, 황혼
사이로 빨간불이 초록불을 안고
휘돌아 나가는 것을 내려다보고
있으리라, 그것들은 아마도 모
든 것들이 허공이 되는 것을 바
라보리라

오늘은 노랫소리도 들려온다, 세상에서 가장 아름답고 슬픈
노래 '나는 세상으로부터 잊히
고,* 소녀들은 춤춘다, 허공도 따
라서, 바람도 따라서 춤춘다, '우
리는 세상으로부터 잊히고……'
춤추던 어느 하루만 남아, 거대
한 희망을 켜고 남아

39

_____「지누시의 소녀들」

Ⅱ

감기는 눈 가늘게 뜬 '명품수선' 가게, 어둠을 이불처럼 끌어
　　　　　당겨 덮고, 흑자줏빛 재봉틀에
　　　　　은실 금실 타르르륵 버무리며,
　　　　　구르네, 흑자줏빛 둥근 실패 하
　　　　　나, 워이 가리너, 워이 가리너
　　　　　_____「둥근 실패 하나」

Ⅲ

벌레 소리, 종소리, 따뜻한 가로등의 불빛 소리, 미처 걷지 못한
　　　　　빨래 흐르는 소리, 물통들을 머리
　　　　　에 이고 옥상들 웅얼대는 소리,

40

당신 발톱 깎는 소리, 당신 흉터
기어가는 소리, 뜯어진 솔기들은
밤에 젖어 젖어, 천리향 피는 소
리 수만 리 은하에 젖어, 젖어,
_____「소리」

* 말러의 가곡명.

오래된 집

그 지붕은 그냥 둥근 게 아녜요
양철판들이 비스듬히 누워 서로 가슴을 대고 있고
간혹 배를 붙이고 엎어져 쓰러진 양철판도 있지요
거기에 황금 햇빛이 앉을 때를 기억하세요
다섯 마리의 얼룩 점박이 고양이가 서로 가슴을 묻고 껴안고
꿈꾸고 있어요

오구두르이 오, 오구두르이

거기 가면
우리는 돛들처럼 서걱여요
그 흐린 언덕에
구멍 숭숭 뚫린 배롱나무 분홍 꽃잎 사이에
당신은 거기 못으로 박히고
나는 그 못 위에 걸린 옷자락처럼 서걱여요

오구두르이 오, 오구두르이

거미줄이 흔들려요

좁은 창으로는 벚꽃 세 그루 철없이 내다보이고

불빛을 위한 연습 I

비나이다 비나이다 꽃가지에 비나이다 / 비나이다 비나이다
풀잎 전에 비나이다 / 우리 살아생전 꽃가지에 목메고 목메니

가끔 그 여자의 집을 찾아가네
문을 열고 들어서면 새까만 반팔 티셔츠를 입은 그 여자
불빛 한 잔 출렁이는 쟁반을 들고 오네
그 여자 잔을 내려놓네
여행이란 여행길들
거기 와 모두 가방을 풀고
그림자란 그림자들
거기 와 주춤주춤 잿빛 옷을 벗네

그 여자의 살빛은 분홍 불빛
닫힌 문 밝히는 분홍 불빛

불빛이 꿈결같이 펄럭이는

큰 꽃 그림이 그려진 지평선 홑이불 같은

나, 그 여자의 집을 찾아가네

 살빛이 호롱불처럼 익은 분홍인
그 여자의 분홍 살빛을 만져보러
순간瞬間 한 잔 출렁이는 쟁반을 들고 오는
그 여자의 분홍 팔 되어 영원의 속살을 만져보러

　　　　비나이다 비나이다 꽃가지에 비나이다 / 비나이다 비나이다
　　　　풀잎 전에 비나이다 / 우리 살아생전 꽃가지에 목메고 목메니

코

허름한 판자들 사이에서, 모래무지들 사이에서 몽고주전자 하나를 얻었어, 1000년도 더 전에 찻주전자로 쓰던 것이라고, 뚱뚱한 중년의 몽고인 주인은 허풍을 떨었어, 표면을 이틀 낮 이틀 밤 두드려 안갯물처럼 올록볼록하게 만든 낙엽빛 몽고주전자, 장식 삼아 장미 꽃송이 몇을 꽂고 물을 주었다가 아니나 다를까, 낡은 밑창이 너덜거린 바람에 나의 가구 1호 마호가니 장식 탁자가 물을 뒤집어써 버렸지, 그 후부터 이름 모를 가화假花 몇 송이를 가슴에 안고 점점 두꺼워지는 먼지나 동무하며 앉아 있게 된 몽고주전자,

10년도 더 뒤, 거기 커다란 코가 달린 것을 어느 날 나는 발견하였지, 아마도 오랜 여행길, 유목길에 헉헉 숨을 몰아쉬던 코였을 거야, 아마도 그 코의 주인은 말에서 떨어졌거나, 화살받이가 되었거나, 낙타 궁둥이에 매달렸거나, 그래서 눈빛이 날카로워진 사막의 별과 허덕허덕 말을 주고받던 중이었는지도 몰라, 삶이 죽음이 되던, 또는 죽음이 삶이 되던 순간의 코,

그런 심연이 그 속에 오아시스처럼 숨어 있었다니,

코가 내게로 와서 등에 터억하니 붙는다, 나는 숨에 매달린다,
기를 쓰고 매달린다,

몽고주전자의 1000년도 더 된 숨에서 방울방울 안갯물이 떨
어진다,

꿈 덩이가 내 등의 절벽 밑으로 떨어지는 소리가 들린다, 아마
도 그날 거친 숨 몰아쉬던 모래처럼, 독수리처럼 쿵 하고, 쿵쿵
하고, 쿵쿵쿵쿵

불빛을 위한 연습 Ⅱ

여기 있네 여기 있네 / 뇌성벽력 치구 / 천지 맞들어 붙는구나
/ 애구애구 올리뛰구 / 애구애구 내리뛰구

그대가 집을 나간 뒤
핼쑥한 그대의 방구석에서
돛 달린 배 모양의 스탠드 하나가 발견되었어

그대는 왜 그 불빛을 버리고 갔을까?
너무 환하면 신이 오지 않을 거라 믿었나?
신은 어두운 데로만 소리 안 나게 걷는다고 생각했나?

눈부신 기침 소리를 지나
수많은 계절의 애끓는 손가락을 지나
사랑의 실패를 지나
바람 소리 들리는 무릎을 지나
풀 먹인 황톳빛 삼베 소리를 지나
붉디붉은 팔 황혼에 흔들고 있는 정육점을 지나
낙숫물을 지나

나른한 회전문을 지나
회전문의 배후를 지나
자꾸 끊어지는 시곗줄을 지나
언제나 갈라지는 길, 아, 그 핼쑥한 두 갈래길을 지나

왜 그대는 그 불빛을 버리고 갔을까

운명의 심장들을 지나
샘솟는 임종들을 지나
사방에서 들려오는 무명 속살들의 함성을 지나
서녘 하늘을 쓰다듬는 불운의 옆구리들을 지나
둥그런 기도들을 지나

언젠가 그대는 말했지
불빛은 알약 같은 기도야
신은 그리로 알약처럼 와
분홍빛 속살의 촛농 속으로 뛰어내려

그대가 집을 나간 뒤
핼쑥한 그대의 방구석에서
돛 달린 배 모양의 스탠드 하나가 발견되었어

여기 있네 여기 있네 / 삼베 소리 한 필 끊어주소 / 무명 속살
한 필 끊어주소 / 애구애구 올리뛰구 / 애구애구 내리뛰구

렌마스비 호수

렌마스비 호수에 가고 싶네 ; 거기엔 아마 개개비가 울고 있
으리 ; 그 소리를 들으러 한 팔십에 비행기를 타고 싶네 ; 개개
비 소리에 얹혀 물레 소리도 들리지 않으리 ; 별의 비단실 첨 보
는 물고기를 꿰매고 ; 렌마스비 호수에 가고 싶네 ; 꿈의 입구에
머리카락 비비고 싶네 ; 비행기에서 내리면 개개비가 마중 나오
리 ; 그는 지구의 정류장을 소개하리

소녀여, 소녀여
-모든 희생자들을 추억하는 시

일찍이 버려진 자
이곳을 부는 숨소리 사이로
이곳을 부는 기도 소리 사이로
이곳을 부는 돌무더기 사이로

일찍이 버려진 자
소녀의 치마는 금빛이다
소녀의 저고리도 금빛이다
우리가 그렇게 물들였다
어둠이나 받으라고 그렇게 물들였다

아버지도 버렸다
어머니도 버렸다
형제들도 버렸다

일찍이 버려진 자
그러나 가장 깊이 노래하는 자
오늘도 길 위에 오두마니 앉아서

길을 물으면 길이 되고
숨을 물으면 숨이 되는
아, 시간을 물으면 시간이 되는

낮이 되면 햇빛 막고 / 밤이 되면 습기 막아

소녀여, 이제 너는 지상의 가장 큰 새벽이어라
소녀여, 이제 너는 지상의 가장 넓은 봄이어라

소녀여, 나의 어머니여
어머니들은 언제나 어여쁘다
언제나 다시 소녀들이다

소녀여, 나의 어머니여
아, 모든 어머니와
어머니 사이
아, 모든 어머니와
어머니 모든 가슴뼈 사이

아, 모든 어머니와
어머니 머리칼 사이 눈썹 사이

　　일찍이 버려진 자
　　그러나 가장 깊이 노래하는 자

그러면
가자, 이제 가자, 돛이 되자

　　낮이 되면 햇빛 막고 / 밤이 되면 습기 막아

소녀여, 소녀여, 은하의 어머니여

어이하리
네 뼈, 내 살 흐르는 소리

어이하리
그냥 쓰는 수밖에

쓰는 수밖에.

김형영

詩

엄마 젖가슴에 안겨
옹알거리는 아기,

눈을 감아도 수호천사를 만나
무슨 생각을 나누는지
연신 꽃피는 웃음,

거짓이라곤 눈곱만큼도 섞이지 않은
보이는 것 중에서는 가장 아름다운
이제 막 태어나는 말,

좋은 시인의 시도
태어난 지 세이레쯤 된
아기 옹알이 같은
눈에 보이는 음악이어라.

오후 3시에

오후 3시쯤에 예수께서는 큰 소리로 "엘리 엘리 레마 사박타니?" 하
고 부르짖으셨다. 이것은 "나의 하느님, 나의 하느님, 어찌하여 나를
버리셨습니까?" 하는 말이다.

—마태오복음서 27장 46절

하루살이 한 마리가 내 방에 날아들었다
오후 3시에,
소리도 내지 못하는 그 작은 날개로

유리창에 앉아 창밖을 돌아보는 하루살이를
졸음에 겨운 내 손은 눈 깜짝 사이
그의 목숨을 앗아버렸다
오후 3시에,

누가 그의 죽음을 바랐던가.
창밖으로 쫓아낼 수도 있었다.
그의 남은 몇 시간의 삶을
즐기도록 기다려줄 수도 있었다.

한평생이라야 하루뿐인 시간에도
틈을 내어 찾아온 손님,
그의 사는 참모습과 만날 기회를
순식간에 놓치고 나는 낮잠에 들었다
오후 3시에,

그는 죽으면서 이렇게 말하지 않았을까?
"제 영을 당신 손에 맡기옵니다."*

그의 영혼
나의 영혼
어디에 차이가 있는가.

그의 영혼의 무게는 초행성만한 지 모르는데,
그의 영혼의 눈에는 태평양만큼 눈물이 고여 있는지 모르는데,
그의 영혼의 가슴은 별을 품고 있을지 모르는데,
내 꿈과 같은 꿈을 그도 꾸고 있었는지 모르는데.

낮도 밤도 아닌 오후 3시에,
하루살이여
어디까지 보고 떠났느냐.
너 없는 천지사방은 고요만이 감돌고 있다.

정녕 이것이 네가 바라던 그 시간이었더냐.

* 루카복음서 23장 46절.

그 시간*

그 시간이 왔다.

물과 빛과 공기
지금 그게 다 무슨 소용이냐.

떠나는 거다.

욕망의 종살이에서
마침내 해방되었으니
이제 내 뜻대로 사는 거다.

누굴 믿고
무엇을 바라고
너를 사랑하지 않아도 행복한
그 시간이 왔으니

떠나는 거다.

나의 영혼아!
얼굴 맞대고 바라보며
기쁨을 누리자.
누리자.
다시는 죽고 사는 일 없으니.

꿈이기에

어젯밤 꿈자리에
김현이 불쑥 나타났다.
내가 축하 선물로 합죽선을 들고
할랑할랑
오생근 칠순 잔치에 들어서니
김현이 먼저 와서

―너 왔냐?
―어, 형!
―시집 잘 받았다.
　앞으로 5년만 더 열심히 써.
　좋은 일이 기다리고 있을 거야.
―그걸 형이 어떻게 알아.
―나는 다 미리 알잖아.
―그건 그렇고, 형이 여기 어찌 된 일이야.
―오늘이 생근이 칠순이잖아.
　만사 제쳐놓고 왔지.
　다들 모였구만.

병익이 주연이 동규 원일이
현종이 우석이 광규 정선이
어, 종기도 왔구나.
그런데 문길이는 왜 안 보여.

이제는 급한 일도 없을 텐데
그 크고 화통한 웃음 한바탕 웃어젖히더니
온다 간다 말 한마디 없이 홀연히 사라졌다.
내가 꾼 꿈이니 나하고만 얘기를 나누고는
25년 전 모습 그대로.

이승은 한 점 꿈이기에
우리는 어느새 늙은이가 되었어도
제자리에 앉아 마냥 즐거웠다.
그가 다녀간 걸 모르면 어떠랴.
그날은 고맙고 기쁘고 아름다웠다.

꿈에 너를 만났을 때

내가 꿈에 너를 만날 때
너도 꿈에 나를 만나니.

내가 너를 가슴에 안을 때
너도 나를 가슴에 안으니.

내가 너와 헤어져 방황할 때
너도 어느 골목을 방황하니.

아쉽고 그리워라 나의 꿈이여
다시는 꿀 수 없는 사랑이여.

석양

몇만 포대의 밀가루
몇만 개의 달걀을 반죽해
누굴 먹이려고 부쳤는지
불그름 익어 기우는
격포 앞바다 낙조대의 석양이여!
이 세상에 모인 사람들 배불리 먹고도
열두 광주리는 남겠네.

채석강

하늘이 불타는 채석강을
우리 함께 걸어볼까요.
난바다 수평선 바라보면서
잃어버린 시간에 잠겨볼까요.

노을 탓인지 바람 탓인지
일렁이는 흰 물결 따라
물새들 바다를 떠나가면
어둠은 별에 불을 밝히고,

물에 빠져 흔들리는
둥근 달을 건지려 들 때면
몸과 마음은 흥에 못 이겨
어느새 파도와 한 몸을 이루네.

바닷속에서 태어나는 바위꽃들아!
흐드러지게 핀 연꽃들아!
물 위에 감돌던 달은 어디 갔느냐.

거기 놀던 나는 또 어디 갔느냐.

억만년 켜켜이 쌓은 책바위는
하늘의 글자를 온몸에 새겨놓지만
누가 그 비밀을 읽을 수 있으랴.
하늘도 바다도 말을 못 하네.

변산 채석강 진홍빛 노을 따라
나를 찾아 헤매는 나그네여,
감춰진 비밀을 모르면 어떠리.
지금은 불타는 채석강을 찬미하여라.

그래도 가짜

가진 것 없으니 평안하도다.
아는 것 없으니 허공이로다.
내가 없으니 네가 나요
극락이 없으니 죽음도 없도다.

그래도 다 가짜!

쉴 곳 없으면
-까마귀가 있는 밀밭-고흐

타오르는 밀밭 위를
까마귀 떼
성난 세상을
난다,
날아간다.
쉴 곳 어디 있다고
하염없이 날고 있는
검은 영혼아!
끊어진 길을
몸부림치는 밀밭을 헤치며
길을 찾아 떠나는 자여,
쉴 곳 없으면 어떠랴.
길이 없으면 또 어떠랴.
날다 날다 쓰러지면
그게 내 삶인걸.

내가 죽거든

내가 죽거든
내 눈뚜껑은 열어둬.
관악산이 문상 오는 걸 보고 싶어.

아침마다 걷던 숲길이며
바위들, 새들이 부르는 만가輓歌,
춤추는 나무들.

내가 죽거든 들창은 열어둬.
용약하는 관악산의 친구들
마음에 담아 떠나고 싶어.

나도 괜찮다
－ ㅂ.ㄱ.ㅇ.에게

뿌리고 싶어도 뿌릴 밭이 없으니
가지고 온 씨앗 어이할꼬.
반생을 짓던 텃밭,
하루아침에 빼앗겼으니
소작인의 슬픔 알 만하다.

빼앗으면 내어주고
떠나라면 떠나야지.

좋은 추억을 방패 삼아
새 인연 찾아 길을 나서는
늙은 나그네여,
스스로 괜찮다 괜찮다 위로하니
너도 괜찮고
나도 괜찮다.

끊어진 생각

*

오늘,
누가 태어나나 보다.
누가 또 죽어가나 보다.

울음소리 그칠 날 없다.

*

어제,
그가 떠났나 보다.
그가 또 돌아왔나 보다.

함박눈 내리어 길도 없는데.

*

내일,
안녕. 안녕. 안녕.

인사를 해도 받는 사람 없다.

심판

먹구름
떼로 몰려와서는
화풀이하듯 한바탕
퍼부어대더니,
내 오장육부
구석구석까지 뒤집어놓고는
겁만 주는 게 아니라
너 죽어라
나 죽어라 쏟아붓는다.

누가 그 죄 심판할 수 있으랴.

사랑의 신비

바닷가 모래밭에
한 아이 구덩이를 파서는
그 안에 바닷물을 담고 있네.
조그만 조개껍데기로 퍼 담고 있네.

거기서 뭐 하느냐 물으면
"이 안에 바닷물을 다 담으려고요."
"그건 불가능하단다." 일러주어도
아이는 계속해서 퍼 담고 있네.

어른은 아는 것도 많지만
모르는 것이 더 많아
때로는 철부지 아이에게 배워가지요.
책에는 없는 것을 배워가지요.

* 아우구스티누스 『삼위일체론』 참조.

시단에 나온 지 꼭 50년이다.

그동안 나는 내 영혼을 파먹고 산 것 같다.

시 쓰는 일이 영혼을 파먹는 일 아닌가.

50년 파먹었으면 나비까지는 사치스러운 희망이고

잠자리나 파리쯤은 되었어야 하지 않는가.

날개를 달고 허공을 한번 날며 대자유를 누리다 사라져야 하지 않는가.

그 시간이 언제 올까?

오기는 올까?

파먹다가 그대로 말라 죽거나 잡아먹히는 건 아닐까?

윤후명

빵 혹은 난

편의점에 가서 빵을 집는다
중앙아시아에선 난이라고 했지
편의점 알바 아가씨
살다 보면 한 줄의 이런 시를 쓰고 싶다오
빵 혹은 난을 굽고 싶다오
멀리멀리 어디론가 양 떼를 따라갔다가 돌아와
빵 혹은 난
편의점 알바 아가씨에게 들려주고 싶다오
배고팠던 인생의 빵 혹은 난
한 편의 시처럼 읊고 싶다오
멀리멀리 양 떼를 따라갔다가 돌아온 밤
빵 혹은 난
중앙아시아에 가서 굶고 헤맨 적이 있다오

언젠가 그대 홀로 걸어갔다기에

섬으로 가는 둑길을
그대 홀로 걸어갔다기에
이제야 서서 바라본다
먼동이 트는 새벽빛부터 기다려온 길
아무리 멀리 지워졌다 해도
그대 발자국 뒤축이라도 스쳤기에
바다 한가운데로 난 둑길
나는 찾아 나선다
섬 기슭에 이미 봄은 깊고
길은 나를 불러 맞이한다
언젠가 그대 홀로 걸어갔다기에
바다를 걷듯 나도
둑길 위에 떠 있다

애알락명주잠자리

어디 애알락명주잠자리가 날 것 같다
강릉 객사문 아래 흙냄새처럼
어릴 적 내가 파고 놀던 흙더미에서
작은 날갯짓 소리가 날 것 같다
어디로 헤매다 왔니
물어보며 쯧쯧 혀를 차는
그러나 아직은 나뭇잎도 팔랑거리고
전쟁 때 죽은 사람을 슬퍼하는
기색도 있다
나뭇잎들이 주워 담은 잠자리의 초록 무늬
거기에는 너의 체취를 담은
흙냄새가 코끝을 스친다
애알락명주잠자리의 날갯짓만큼은 살았다고
그 초록 무늬만큼은 살았다고

앨런 긴즈버그, 서울미술관, 2016년
— 백남준 10주기 서울미술관에서

앨런 긴즈버그는 수염이 안경을 덮은 얼굴로
침묵이 모자라는 세상을 나무라고 있었다
조용히 풀잎이 바람에 흔들릴 때에야
살아나서 자유를 얻을 수 있다고 말하는 모양이다
그렇지, 그렇지,
백남준도 머리를 끄덕이고 있었다
둘이서 똑같은 생각을 하는 것 같지는 않아도
앨런 긴즈버그가 비트 제너레이션 부처를 그리고
백남준이 TV 부처를 그리고
나는 그 발가락 앞에 풀잎처럼 엎드린다
풀잎처럼 살기를 바랐으나
그러지 못한 나였으니
내가 나를 어쩌지 못하고 살아온 나였으니

내가 태어나던 날

대관령 호랑이가 어디 있는지 모른다
예전 언젠가 산신령이 되었다고 한다
그러나 아직도 살아 있으려고
어느 카페에 있는 루왁 모형처럼
내게 커피 한 잔을 따른다
산과 바다가 하나 된 곳에
내 몸을 맡기는 시간이 된다
대관령 호랑이도 루왁 고양이도
어디 있는지 모를 모든 것들을
내게 알려주려고 산 넘고 바다 건너
눈길을 던지고 있을 터이다
멀리멀리 대관령 호랑이와 함께 루왁 고양이와 함께
어디론가 가고 있을 내가 있을 터이다
나도 홀로 멀리 있고 싶어서
그 뒤를 따라가다 보면
숲 속 어디선가 내가 태어나던 날에 이를 터이다

나무의 말

숲 속으로 들어간다
몸을 잎 뒤에 감추면
내 몸에서 새록 돋아나는 잎사귀는
떠나간 사람을 닮는다
어디를 닮았을까 살피는 동안
나 대신에 잎사귀들이 내가 된다
그 사람이 내가 된다
숲은 우거지고 나는
잎사귀의 하나가 되어
어떤 얼굴을 닮는다
내가 잎사귀가 되는 게 아니라
잎사귀가 내가 된다
내가 남긴 사랑의 흔적이
바람에 잠깐 흔들린다

김수남의 굿 사진을 보며
-10주년을 맞아 국립민속박물관에 기증한 사진전에서

수남이,
관철동에서 술 마시던 날 기억나겠지
불이 활활 타오르던 건너편
우리 소주잔은 달아오르고
문학과 사진을 말하는 너의 얼굴도
불콰하게 꿈에 부풀었다
수남이,
고등학교 때부터 눈에 띈 너는
대학에서 카메라를 들고 나타나
렌즈를 통해 세상을 보는 법을
내게 말해주었다
나는 여전히 한 줄 시에
목숨을 건다고 낡은 말로 대꾸할 수밖에 없었다
너의 사진은 점점 펼쳐지고
나의 시는 점점 오그라들고
그것이 서로의 길이었다
그래도 우리는 종종 술잔을 기울였다
관철동의 그날이 특별히 떠오르는 것은

건너편의 활활 타오르는 불을
우리 가슴에 나누었기 때문
우리 꿈이 함께 불타올랐기 때문
너의 사진과 나의 시를
서로에게 전했기 때문
오늘 네가 떠난 지 10년을 맞아 국립민속박물관에 전시된
너의 강릉 단오굿 사진을 보며
수남이,
나는 홀로 축제의 뒤란에 서서
너를 보고 있다
수남이,

(2016. 6. 김수남 10주기에)

사스레피나무 꽃 피는 산길

봄꽃 필 때면
사스레피나무도 꽃 핀다고 금강 스님은
알려주었다
이 사철나무가 무슨 나무일까
오래전부터 궁금했는데
산꼭대기 바윗길에 서 있었다
이것도 향기인 것일까
멀리 다도해가 내려다보이는 산길에서
내게 무엇을 말하려는 것일까
오랜 궁금증의 정체를 알려주려는 듯
보일 듯 말 듯 피어나는 꽃
이 길로 오려고 걸어온 몇십 년
지나온 생이 이와 같다고 말해주는 듯해서
거북한 냄새도 향기라고
나는 나한테 말하고 있었다

가까이, 먼

'가까이'를 바라면서
'먼'이라고 쓴다
그러니까
'머나먼'이란 '가깝디가까운'이 된다
이렇게 쓰기까지 오랜 세월이 걸렸다
열일곱부터 '머나먼' 곳을 향해 걸어왔으나
아직도 가야 할 길
'머나먼' 길이 있으니
서둘러 길을 떠나곤 한다
'가까이'가 마지막이 되기까지
길을 떠나곤 한다

어느 눈매

보살 눈매 사르르
천 년 세상을 본다
보살이 보는 저곳에
이곳이 어린다
천 년 전 일이련만
이곳 여기에
저곳이 사르르사르르
어린다

불망비 不忘碑

아름다움을 배우려고 길을 떠났다
아픔으로 피어나려고
사랑으로 피어나려고
그러니까 아픔과 사랑은
같은 것이라고 배우려는 길
그리하여 아픔과 사랑으로 피어나려고
꿈꾸며 세상을 지났다
이제 시든 꽃 한 아름 안고
사막길 가는 낙타처럼 울면서
그게 울음인지 세상 사람 알아볼까 봐
시든 꽃에 얼굴을 가리고
먼 데 하늘을 바라본다
먼 데 하늘을 바라본다

은혼식銀婚式

폴란드 그단스크에는 바닷물에 돌이 떠 있다는데
돌이 아니라 호박琥珀이 떠 있다는데
그 호박을 가운데 놓고 만든
은장銀獎 브로치
은혼식에 맞추어 그대의 목에 건다
폴란드의 그단스크를 지나온 듯
먼 바다를 지나온 듯
그대가 바닷물에 떠 있다는 듯
험한 세파를 헤쳐 왔다는 말
은혼식의 그대 목걸이에
고해苦海를 떠도는 우리의 생이
어려움을 맑게 장엄하고 있다

먼동이 틀 때 강가에

먼동이 틀 때 강가에 이르렀다
강물이 실어 온 또 하나의 하루를
그대의 것으로 알려는 것이다
살아온 길만큼 멀고 먼 강물이
그대 안을 흐르고
강물 소리 들녘에 울려
태어남을 새롭게 알려는 것이다
먼동이 강물 속에 잠겨
몸을 씻고 나오는 강가에 서서
다시 앞에 놓이는 지나온 길 위에서
그 길을 가고 있는 그대와
그대는 다른 사람처럼 만난다
여기 있었군요
그대들은 서로 만난다
먼동이 틀 때 강가에 이르렀다

새가 알려준 곰파

티베트 시가체의 '세계에서 제일 높은 곳 호텔'을 떠나
길을 재촉했다
길은 곳곳에서 끊어지고
고산병에 몽롱해지면
천장天葬터에 온 듯 삶과 죽음이
나뉨이 없는 땅
어디선가 소똥 말리는 냄새에 곰파를 찾는다
날개 기다란 새가 날아가는 길
겨우 열리고
모든 언덕이 수미산으로 향한다
몇 날 며칠 머물 곰파는 찾을 길 없고
고산병에 발을 헛디뎌 길은 다시 끊어진다
하늘 저쪽에 날개 기다란 새 한 마리
끊어진 길을 이어주고 있다

서촌 풍경

셀라시에 황제 시절의 에티오피아로 가고 싶다
프랑스 시인 랭보도 그랬을 것이다
강릉에서 예가체프 커피를 마신 것도
그래서였다
다른 사람들은 모두 어디로 가든
서울 서촌에서 이가체프 한 봉지를 산다
랭보의 시를 이해하려는 시간의
모음母音 봉지
아마 이상李箱의 까마귀도 들어 있을지 모른다
아해들이 막다른 골목길을 달려가기도 할 것이다
황제와 랭보와 이상이
함께 예가체프 커피를 마시고 있다

유리 왕자의 칼

유리 왕자는 아버지가 남기고 간 동강 난 칼을 가슴에 품고 길을 떠난다. 아버지 주몽을 찾아 떠난다. 칼을 맞추어보면 부자 관계는 확인될 것이다. 한글을 쓰고 있는 게 그와 같은 길이라는 생각이 든다. 한글로 시를 쓰고 있는 게 행복하다. 소설에 시를 아우르며 새로운 세계에 눈뜨고자 하는 행복도 칠십 평생의 소득이다. 산 넘고 물건너 한 포기 풀 같아도 너른 풀밭처럼 펼쳐져 있는 이 길이다. 1963년 성균관대학교 고교생백일장의 장원을 기점으로 이 초원을 바라보며 걸어왔음을 기억하려고 한다. 거친 들이 있고, 맑은 내가 있고, 높은 산이 있는 우리 강역을 유리 왕자의 동강 난 칼을 역시 가슴에 품고……

정희성

그네들만의 축제

올해가 광복 칠십 주년이니 내 나이 칠십이다 특별한 해이니만큼 나한테나 그동안 숨죽이고 살아온 남과 북의 주민들에게도 숨통이 트일 무슨 좋은 일이 있기를 바랐다 그런데 뜬금없이 광복절을 앞두고 있는 시점에 북측이 '목함 지뢰 도발'을 감행했다는 보도가 있었고 이어서 남측이 대북 심리전 방송을 재개하면서 일촉즉발의 전쟁 위기로 내몰렸다 가까스로 고위급 접촉을 통해 합의문을 이끌어내면서 일단 급한 불은 껐다고 하지만 사태는 여전히 불안하다 그래도 그만하기 다행이다 싶다 후유 한숨 내쉬고 축배는 아니더라도 나도 혼자서라도 한잔하고 싶다 청와대에서는 북측의 사실상의 사과를 얻어낸 것은 대통령의 일관된 통일정책의 결과라고 "원칙 승리"를 외치며 여당 의원들을 불러 축배를 들었던 모양이다 그런데 또 오늘 신문을 보니 무슨 장관을 한다는 자가 의원 연찬회 자리에서 잔을 들고 "총선 필승"을 외쳤다니 아하 안보가 총선에 미치는 영향이 어떤 것인지 실감하겠다 더위도 가시지 않아 벌써 북풍이 부는구나

그러나 그게 무슨 문제란 말인가

이런 시대에 사는 것 자체가 죄인데
나라 없던 시절의 친일 행적이나
독립 투쟁이 다 그게 그거 아니냐고
공이 있으면 과도 있게 마련이라고
광복절 대신 건국절을 기념하잔다
건국 이전은 글자 그대로 선사시대니까
건국 이전은 바람 부는 만주 벌판이니까
건국 이전은 말하자면 캄캄한
시베리아 벌판이나 다름없을 테니까
우리는 나라를 두 번이나 빼앗겼다
한 번은 제국주의 일본에게
또 한 번은 자신의 과거를 지우고 싶은
혹은 당당하게 미화시키고 싶어 하는
이 땅의 친일 친독재 세력에게
그러나 그게 무슨 문제란 말인가
개똥이 개똥을 반성하지 않는 것처럼
절망이 절망을 반성하지 않는 것처럼*

* 김수영의 시 「절망」을 떠올리며.

콜라주 병신년 한국전쟁사

기사 1.

"개성 자금으로 핵실험"

박근혜 대통령은 9년 전 북한 1차 핵실험 당시에도 개성공단 중단을 강하게 주장했다.

이번 공단 가동 전면 중단의 이유인 '유입 자금의 북한 핵·미사일 개발 전용'을 근거로 내세우면서다. 개성공단을 '핵무기 돈줄'로 인식하고 '북한 제재 수단'으로 바라보는 박 대통령 시각이 개성공단 전면 중단 사태까지 이어져 온 셈이다.

박 대통령은 북한의 1차 핵실험 이틀 뒤인 2006년 10월 11일 "극심한 경제난에 시달리는 북한이 어떻게 핵 개발을 할 수 있었겠느냐"며 "경협(경제협력)과 개성공단 등을 통해 열심히 지원해준 자금으로 실험한 것 아니겠느냐"고 말했다. 뒤이어 자신의 홈페이지에도 글을 올려 "핵 문제가 해결될 때까지 국민 세금이 들어가는 정부 차원의 모든 대북 지원을 즉각 중단(해야 한다)"며 포용 정책을 강력 비판했다.

당시 박 대통령은 한나라당 대표 임기를 마치고 2007년 당내 대선 경선을 준비 중이었다.

그즈음 개성공단에 대한 박 대통령 표현은 강경 일변도였다. '핵실험이나 핵무장 하는 재원 마련에 도움이 되는 사업' '핵 개발에 자금을 대주는 모양새' 등이었다. 그해 1월 경향신문과의 '대권주자 인터뷰'에서도 "달러가 들어가는 개성공단 등은 중지해야 한다"고 말했다.

비슷한 시기 기자 간담회에선 식량·비료 등 인도적 지원 중단도 제재 수단으로 넓혔고, "선거가 여야의 대결이 아닌 야당 대 북한·여당의 합작 구도로 치러질 수 있다"며 현재 더불어민주당 등이 제기하는 '북풍 견제' 발언을 내놓기도 했다.

이 같은 발언들은 17대 총선 직전 밝힌 '유연한 대북정책' '남북 경제공동체 목표'에서 '대북 강경론'으로 돌아선 것이었다.

이후 선거 즈음마다 일부 변화는 있었지만 개성공단에 대한 기본 인식은 현재까지 유지된 것이다.(경향신문. 2016. 2. 15. 유정인 기자 jeongin@kyunghyang.com)

기사 2.

"미, 본토 해병 4500명 스텔스 상륙함 타고 한반도로 출발"

북한의 핵실험, 미사일 발사에 이은 추가 도발 우려로 한반도의 군사적 긴장이 최고조로 치닫고 있다. 미국은 핵잠수함 등 첨단 무기들을 한반도 주변으로 이동시켜 군사훈련을 실시하고 있으며, 북한도 이동식 대륙간탄도미사일(ICBM) 부대인 'KN-08 여단'의 배치를 서두르고 있다.

군 당국에 따르면 미국은 15일 핵추진 잠수함 노스캐롤라이나함(7800t급)을 동해로 급파해 우리 해군과 함께 연합 훈련을 실시했다.

앞서 텍사스의 패트리엇(PAC-3) 미사일 부대를 오산 미군기지에 배치하기도 했다. 다음 달에는 핵추진 항공모함 존 C 스테니스함도 한국에 보낼 계획이다. 한·미 연합 훈련인 키리졸브·독수리 훈련에 참가하기 위해서다.

스테니스함(배수량 9만 7000t)은 호넷(FA-18) 전투기, 조기경보기 호크아이(E-2C) 등 첨단 항공기들을 탑재하고 있다.

국방부 관계자는 "북한군의 추가 도발에 대비해 지난주 '한·미 공동작전기획팀(OPT)'의 작전 계획 회의가 있었다. 양측이 향후 한반도에서 펼칠 작전에 대해 논의했다"고 전했다.

이 계획에 따라 한·미 해군은 17일 북한 잠수함에 대한 대응 능력 강화를 위해 양국 해상초계기가 동참하는 훈련을 실시한다. 이 훈련에는 한국의 P-3 해상초계기 1대와 미국의 P-8 포세이돈 해상초계기 1대가 참가한다.

미 해병대도 스텔스 상륙함을 타고 한반도로 오고 있다. 군 관계자는 "다음 달 초로 예정된 쌍용훈련에 참가하기 위해 지난 12일 미국에 주둔하고 있던 해병대 4500명이 한반도로 출발했다"며 "동·서해 주요 거점에 동시 상륙해 평양을 최단 시간에 점령하는 훈련 등을 펼칠 예정"이라고 말했다.

훈련에 참가하는 미 해병 13원정대는 레이더에 잡히지 않는 스텔스 상륙함 등을 이끌고 온다. 미국 본토의 상륙 부대가 한국 작전에 투입되는 건 이번이 처음이다.

한국군도 민첩한 움직임을 보이고 있다. 군은 해상으로 기습 침투하는 북한의 공기부양정을 격퇴할 수 있는 2.75인치(70mm) 유도로켓(로거)을 최근 실전 배치했다.

군 관계자는 "사거리가 5~8km인 이 유도로켓은 서북 도서 해상으로 고속 침투하는 북한의 공기부양정을 공격하는 무기"라고 설명했다.

군은 또 북한의 도발 원점을 초토화시킬 수 있는 다연장 로켓

'천무'도 서북 도서에 배치했다. 북한군의 장사정포를 무력화할 핵심 화력으로 사용하기 위해서다. 국방부는 보다 정밀한 적 탐지를 위해 군사위성 도입도 추진하고 있다.

이에 맞서 북한은 'KN-08 여단'의 실전 배치 등 대대적인 미사일 공격 체계를 준비하고 있다.

군 관계자는 "최근 북한이 서북 도서 북방한계선(NLL) 인근에서 대규모 해상 사격훈련을 했던 것으로 파악됐다"며 "북한의 장사정포와 방사포의 이동 및 공기부양정 등의 훈련 상황을 예의 주시하고 있다"고 말했다.(중앙일보. 2016. 2. 16. 현일훈 기자. hyun.ilhoon@joongang.co.kr)

기사 3.

"실연한 코끼리 화풀이로 차량 열다섯 대 부숴"

(TV 화면으로 자막이 지나가고 기사 내용 없음)

기사 4.

"스마트한 전쟁은 없다"

싸움이 정 하고 싶으면
장수들끼리 칼싸움을 하거나
말에서 내려와
팔씨름을 하면 된다
불안하니까 요즈음
이런 말도 안 되는 꿈만 꾼다
남과 북이 전쟁을 하면
누가 이길까
그야 물론 미국이 이긴다
나는 기교적으로 말하지 않겠다
그 결과는 그러나 참담하다

Anybody there?

김사인

천 년을 기약하고 하는 말이니
그가 달팽이 배밀이로 하는 말이
속 터지게 느리기는 하여도
말귀를 알아먹는 이의 귓속에
언젠가 가 닿기는 닿을 터이지
사람들아 귀가 있더냐 들었거든
천 년 만에 한 번쯤 눈흘레하듯
찡긋하고 시늉이나 해볼 일이다

동강할미꽃은 고개를 숙이지 않는다

삼월은 봄보다 먼저 온다고 한 임화의 시 한 구절이 생각나는 춘분 무렵 동강할미한테서 꽃 소식이 왔네 강원도 영월군 영월읍 섭사마을에서 농사꾼의 딸로 태어나 거기서 자라 자식 낳고 지금은 읍내로 나가 사는 동강할미 동강할미는 동강할미꽃을 닮아 머리가 일찍 희어졌지만 할미꽃 이름보담은 젊어서 아직 고운 꽃 그니 볼에 분홍이 아직 남아 있을 때 쓸 만한 사진 한 장 찍어주고 싶은 마음인데 그니 대신 동강할미꽃 사진만 몇 장 찍어 보내주었지 사진이 뭔가 얘기를 하고 싶어 하는 것 같다는 그니 말에 동강할미꽃은 고개를 숙이지 않는다고 써 보냈네 진달래가 피면 보러 오라지만 진달래 분홍 꽃물 들까 선뜻 대답을 못하였네

마음은 봄

사랑은 예기치 않은 순간에 오고
이 겨울 나는 괴로움에 뒤척이네
아아 마음은 봄인데 창밖엔 눈

바위를 밀쳐내다

꿈에라도 그대를 생각하는 날 아침이면 기운이 넘쳐난다 기운이 넘쳐 바위라도 뚫을 것 같다 그런 날은 위험한 짐승 같은 내가 무서워 바위 근처에 안 간다

백제행

백제가 유네스코 세계문화유산으로 등재되었다
세계가 여기에 나라 하나 새로 세운 것과 다름없다
삼국시대 이래 나라 없는 사람들의 삶이 어떠했을꼬
이 고통은 그러나 우리에게 낯선 것이 아니다
이 고통이 오랜 세월 부소산을 부소산으로 온전히 서 있게 하고
이 설움이 백마강을 백마강으로 면면히 흐르게 했을 것이다
나라 없는 백성의 이 산하에 떠도는 혼불이
마침내 수많은 독립운동가의 피를 끓게 하고
그 솟구친 힘을 받아 이 땅에 독립기념관을 세웠거니
일어서라 백제혼!
지나는 자 여기 말을 세우고 옷깃을 여미시라

비밀 정원

가여운 내 사랑 숲 속에 두고 왔네
나무들이 그걸 기억하고 있으리
그대와 나의 숨결 어린 깊은 그곳에
나 돌아가 새가 되어 울며 노래하리

시인의 집에 가서

바닷가 아침 하늘 마을에
세실리아 시인의 집이 있네
언제고 거기에 다시 가면
한나절 넋 놓아 주저앉아서
오월 보리숭어 뛰어오르는
금빛 저녁노을을 바라보리
늦도록 시상에 잠겨 있다가
썰물 진 아침 바다 박차고
거짓말처럼 솟구쳐 오르는
눈먼 숭어 같은 시나 한 수
기어이 건져 올리고 말겠네

신현정

더는 이 세상 사람이 아닌
그의 시를 읽고 나서
나도 좀 착하게 살아야겠다 생각했다
더 늦기 전에
남의 집 마당이라도 쓸어주고는 가야 할 텐데
풍뎅아
어린 시절
네 목을 비틀어서 미안하다

안거

스님들에겐 하안거 동안거가 있다고 하나
이제 집도 절도 없는 나에게는 사계절이 다 안거다
내가 무다헌에서 차와 술로 세월을 보내는 동안
험한 세월을 만나 그냥 안거만 할 수 없어
세상과 맞서왔던 덕원 스님은 이제
하안거 동안거는 절집에서 조히 지내시다가
어디서 눈먼 돈이 좀 생기고
봄눈 녹을 만하면
혹은 낙엽 질 때쯤이면
세상에 춘안거 추안거 하러 나오셔서
허전해하는 나를 달래 술 공양을 베푸신다

작은 별

2015년 9월 4일 오전 10시 37분
쉬잇 조용히!
지금은 우주가 형성되는 시간
꼬미*가 첫울음을 터뜨렸다
이로써 나의 우주에는
작은 별 하나가 더 생겨난 것이다

* 나의 첫 손주 태명.

장경호의 말

내가 이 집에 왜 또 왔나
목을 치려 해도 칠 말이 없네
술이나 한잔 어여 내오시게
내 목 내가 칠 수야 없지 않나

통점 痛點

매운 것은 맛이 아니라
통증이라고 한다
아마 사랑도 그렇지 싶다
내가 아는 한 사랑에는
지울 수 없는 통점이 있다
처음 그것은 기분 좋은
설렘으로 시작되지만
가슴 어디께에 분명한
통증으로 온다

흙덩이나 고르며 노래하고 싶다.

평화로운 시대 같으면 나도 이런 시를 쓰지는 않았을 것이다.

칠십에 얻은 어린 손녀의 맑은 눈을 보며 나는 두려움에 휩싸인다.

내가 시방 무슨 짓을 하고 있는 거지?

주목, 이 시인을 만나다

초대 시인 : 강은교·김형영·윤후명·정희성

* 일시 : 2016년 6월 29일 오후 5시

* 장소 : 영광도서 문화사랑방

구모룡 안녕하세요, 문학평론을 하는 구모룡입니다. 오늘 한국 문단을 이끌어가시는 네 분 강은교·김형영·정희성·윤후명 선생님을 모시고 《사이펀》 2회 문학토크를 진행하겠습니다. 네 분 선생님들은 '70년대' 동인으로 활동하시다 최근 『고래』라는 이름으로 시집을 내고 다시 뭉쳤는데요, 우선 그 얘기를 들어보겠습니다.

강은교 네, 『고래』 시집을 이렇게 모아 냈지요. 시집을 내고 나니까 정말 용기가 생긴다고 할까요? 글에 대해서 너무 자신이 없었던 것이 그래도 우리 아직은 괜찮구나, 그런 생각도 들고요. 내가 지금 정년했지만 결론이 아니구나, 나는 지금 가능성이구나! 이런 생각을 다시 한번 하게 되어서 우리 팀(?)한테 정말 고맙게 생각합니다. 그래서 『고래』보다도 '70년대' 동인 시절 얘기를 잘 아는 분은, 특히 그 뒷얘기를 잘하실 수 있는 분은 윤후명 선생님이니 윤후명 선생님께 우선 마이크를 넘기고, 이어서 김형영 선생님 순으로 한마디씩 해보면 좋겠습니다.

윤후명 예, 방금 강은교 시인이 저보고 잘 안다고 하는데, 간발의 차이긴 한데 제가 제일 어리지만(박수) 우리가 만 70이 넘었습니다. 20대에 우리가 만났다고 다들 부러워하는데요, 20대에 만나서 70대에 다시 만나는 동인, 이건 한국 역사에 없는 건 맞습니다. 근데 이건 다른 사람들이 부럽다고 해도 만들 수는 없어요. 20대로 돌아가야 되니까요.(웃음) 그 점도 저는 신기한 일이라고 생

각이 듭니다. 참 오랜 세월이 지났지요. 특히 강은교 시인은 65년
부터 제가 알거든요. (물론 정희성 시인은 더 먼저 압니다만) 어느 날
제 고등학교 선배인 임정남 시인이 소개를 하더군요. 그분이 강은
교 시인이에요.

강은교 앞으로 어떻게 나올지 모르겠네요. 이제 고만하시죠.(웃음)

윤후명 디테일에 악마가 있다더니 드디어 나한테 찾아왔구
나.(웃음) 다시 그렇게 시작이 되면서 김형영 시인은 서라벌예대
에서 65년도에 만났지요. 어떤 친구들이 저기 시에 '들린' 문학도
가 하나 있다고 해요. 시에 빠져서 '들린' 것은 저도 마찬가지 아
니었을까 싶은데요, 그러다가 동인이 결성된 것은 69년이에요.
드디어 우리가 '우리의 목소리'를 내야 되겠다, 참 굉장한 용기였
습니다, 그건.
　시단의 주류가 있는데, 거기에서 벗어나서 우리의 목소리를 내
보자, 이렇게 합의를 보아서 시작했지요. 그때 임정남 형이 '고래'
를 주장했죠. 임정남 형은 우리하고 차원이 다른 것 같아요. 시간에
얽히든지 눈치를 보면서 해야 되지 않나, 하는 우리랑은 달랐죠. 어
찌 보면 '고래'는 심하다, 그래서 타협한 게 '70년대'였습니다. 70
년대를 맞이한다고 붙인 이름이죠. 세월이 그로부터 거의 50년이
문득 흘렀습니다만, 참 그동안 여러 얘기가 있겠으나 모두들 자신
의 문학을 잘해왔다, 결과적으로 이런 생각이 듭니다. 이렇게 오

랜 세월이 흘러 동인으로 다시 뭉치자, 그렇다면 옛날을 생각해서 돌아가신 분을 추모할 겸 그분이 내놓은 이름을 되살려 '고래'를 내세우자고 뜻을 모았죠. 제가 「고래」라는 시를 쓰기도 했습니다.

그래서 시집(동인지)을 벌써 두 번 냈죠. 새로운 시작이라고 생각해요. 참으로 이것처럼 중요한 게 있겠느냐, 살다 보니 인생이 별다른 게 있지 않은 것 같아요. 이거야말로 우리를 있게 한 것이다, '고래'를 새 이름으로 한 것도 괜찮다고 여겨져요. 언제까지 이어질지 몰라도 저로서는 목월 선생 말씀인 "우리가 시로 병들었더니 시로 다시 서게 되었구나" 이런 말을 기억하게 합니다.

다시 선다, 우리가 다시 만나 이 나이에, 한국에 유례없는 '늙은 동인'이 되어서 살아간다는 게 참으로 고맙고…….

김형영 두 분께서 너무 자세히 말씀해서 저는 더 보탤 말이 없네요. 다만 지금 생각해도 동인 활동은 참 잘했다 싶습니다. 개성이 다르고 색깔이 다른 사람들이 오늘까지 변치 않고 우정을 이어온 건 하나의 기적이라는 생각도 듭니다. 그래 저는 여러분들에게도 동인 활동을 권하고 싶습니다. 이끌어주고 밀어주는 것이 학교 선후배들끼리만 하는 것이 아니고 동인끼리도 가능합니다. 우리가 그 증거 아닙니까.

윤후명 덧붙여 한 말씀 드리자면, 올해 박목월·박두진 선생 탄생 백 주년을 맞아 조지훈 선생은 아직 백 주년이 아닌데도 동인으로 엮어서 『청록집』을 기념하는 행사를 갖기로 되어 있지요. 바로 동인의 얘기이죠.

정희성 세 분 얘기 듣고 나니까 제가 할 수 있는 얘기가 얼마 안되는 것 같아요. 사실 제가 나이로는 윤후명 시인을 한 살 앞서나 등단으로 보면 윤후명 시인이 저보다 선배죠. 저는 70년에 등단해서 동인에 맨 나중에 가담했어요. 쉽게 들어갈 수 있었던 것은 돌아간 임정남 형, 저, 윤후명 우리 셋이 같은 학교에 적을 두고 있어서 더 가까웠는지도 모르겠어요. 앞에서 김형영 시인이 이야기했듯이 동인들이 개성이 다르고 서로 다른 목소리를 가지고 있는 사람들인데도 하나로 어우러져 충돌하지 않고 잘 지내고 있는데요, 제호를 결정할 때 저는 논의 과정에 있지 않았어요.

지금 생각해보니까 69년에 출발하면서 '70년대'로 제호를 건 것은 시대를 앞질러 시대정신, 역사의식 같은 것을 마음속에 두고 있지 않았나 싶고, 암암리에 그런 합의가 있지 않았나 생각합니다. 최근에 우리가 다시 만나면서 '고래' 제호를 쓰게 되었는데, 최근 제 심정을 밝히자면 4, 50년 가까이 시를 써오면서 70대 나이에 이르도록 분단된 사회 속에서 한동안 살아왔단 말이죠. 분단 밑 쪽으로 우리가 살고 있으니까 대륙으로 가는 길이 막힌 상태에서 너무 오랫동안 살아온 것 같아요. 그러면서 우리가 그동안 작은 것을 잘 매만지고 세련되게 하는 기술은 획득했으나 분단이 오래되다 보니까 30년대 그즈음의 선배 시인이 갖고 있던 규모나 대륙성이라고 할까, 북방 정서 같은 것을 잃어버리지 않았나 하는 생각을 슬그머니 하게 됩니다.

2013년, 제가 러시아를 가서 시베리아를 횡단열차를 타고 기차 간에서 생각한 것은, 큰 시를 기다린다는 막연한 생각을 했어요. 큰 시를 써보고 싶다, 뭐 이런 것이 또 '고래'라는 제호와 관련해서 볼 때 '큰' 이름이 그냥 나온 게 아니었구나, 우리 동인들이 큰 시를 70년대부터 염두에 두지 않았나, 제 나름으로 그런 생각을 했습니다. 고맙습니다.(박수)

구모룡 선생님들 말씀을 듣고 보니까 '70년대' 동인이 다시 '고래'로 이렇게 나오게 되었죠. 새로 나온 『고래』는 2012년 1호가 나왔고, 2호가 작년(2015년)에 나왔습니다. 거기에 보면 선생님들이 말씀하신 동인 이야기 내용이 앞뒤로 있습니다. 선생님들이 문학 활동 해온 동인에 관해 더 알고 싶으면 『고래』라는 동인지를 앞으로 주목해주면 좋겠고요.

정희성 선생님께서 말씀하셨듯이 정말 고희를 맞으신 분들이지만 '더 큰 문학'에 대한 청년 못지않은 열정을 가지고 계신 분들이라는 것을 다시 한번 확인할 수 있었습니다. 한 번 더 박수를 보내주시기 바랍니다.(박수)

강은교 선생님은 강은교 신화라 할 정도로 문학이 중간에 떨어짐 없이 계속 지속되어왔습니다. 어떤 산문에 의하면 부친의 영향도 있고, 고교 시절부터 문학에 대한 이런저런 이야기도 있는데,

선생님은 본래 영문학을 전공하셨거든요. 얼마 전 우연찮게 본 글에서 선생님은 T. S. 엘리엇을 넘어서는 그런 작품을 써야 한다, 이런 말씀을 하시더라고요. 그래서 조금 더 한 분 한 분 들어가서 문학을 처음 하게 될 때와 전공으로 생각하게 된 부분들, 앞으로 극복해야 할 자기 문학 세계가 있다면 말씀해주십시오.

강은교 우선 제가 먼저 얘기해도 될까요. 제가 먼저 얘기하겠습니다. 제가 엘리엇을 만나는 바람에 영어 공부를 안 한 사람이에요.(웃음) T. S. 엘리엇이 저의 스승이라고 얘기할 수 있죠. 그 사람의 「황무지」도 그렇지만, 「프루프록의 연가」의 힘은 제가 대학 다닐 때 굉장히 컸어요, 나한텐. 영시 개론은 유영(윤동주 얘기 때 많이 나오는 그분) 선생님이 담당이었는데, 번역을 해서 앞자리에 앉아 수업을 받던 기억이 납니다. 그러다가 엘리엇의 차례가 되어 그의 시를 보게 됐죠. 이런 시가 있구나, 이런 시라는 것이 있구나, 이렇다면 나도 쓰고 싶다. 그 전까지는 시하고 접할 일이 별로 없었거든요. 아, 엘리엇을 보면서 와, 이거 너무 근사하다. 「프루프록의 연가」를 보면서 그런 시를 넘어서는 시, 방금 말씀하셨던 「Waste Land」를 보다 넘어서는 시를 하려고 했었죠. 꿈은 컸었습니다. 꿈이 고래였습니다, 말하자면. 꿈만 고래같이 컸는데, 결과는 보잘것없지만. 시작은 그랬고, 지금도 그런 고래의 꿈을 가지고 있죠. 문학, 그런 의미에서 나에게 고래의 꿈을 줬으니까 감사합니다. 엘리엇의 시에는 아주 구체적인 이미지들이 많이 나오죠. 런던

뒷골목이라든가, 고양이가 있는 풍경이라든가, 신경쇠약의 아내라든가 하는. 아무튼 아주 구상적인 것을 아주 추상화시킨, 그러면서 시대의 직무를 끄집어낸 바로 그러한 시, 기가 막힌 은유의 시를 쓰고 싶다, 그런 꿈을 꾸면서 살고 있습니다. 우리 고래, 그렇게 하고 지금 나오고 있는 중입니다. 앞으로도 기대해주십시오.

구모룡 김형영 선생님은 일찌감치 문재를 날리셨는데, 언제부터 문학을 하시고 어떤 계기로 시를 써오셨는지, 영향을 받은 스승이 있으면 말씀해주십시오.

김형영 고등학생 때 시를 쓰기 시작한 건 맞지만, 그건 순전히 연애편지를 쓰기 위한 것이었지요. 연애편지는 시적으로 써야 유혹의 효과가 배가되지 않습니까. 그러다 보니 자연히 시가 좋아졌고, 밤을 새워가며 시를 썼지요. 노트 가득 시를 쓰면 그걸 국어 선생님께 보여드렸습니다. 그러다가 졸업 후 2년 동안 빈둥거릴 때 신석정 시인께 시를 보여드렸지요. 석정 선생님은 제 이웃 동네가 고향이고, 또 저의 선친과 같은 학교에 재직한 적이 있었기에 가까이할 수가 있었습니다.

그리고 마침내 신석정 선생님께서 미당 선생님께 보내는 추천서 한 장을 들고 시골을 떠나 서울에 상경했습니다. 그토록 목말라 했던 서정주·박목월·김구용·김수영 등 당대 최고의 시인들께 시를 배웠지요.

미당 선생님께는 일등주의를 배웠습니다. 시를 쓰려거든 내가 세상에서 제일 시를 잘 쓰는 시인이라는 자부심을 가지라는 것이었습니다.

구용 선생님께 배운 것은 남의 시를 모방하거나 비슷하게도 쓰지 말라는 것이었습니다. 독자도 의식하지 말고 쓰라는 말씀을 강조하셨지요. 지금도 표구해 제 방에 걸어놓았습니다만, "독자가 없기 때문에 시를 쓰는 것이다"라는 말씀은 그 특유의 붓글씨도 글씨지만 아무리 새겨도 새로운 깨우침을 줍니다. 철저히 개성을 강조하신 거죠.

그리고 목월 선생님께서는 시의 효용성에 대해 말씀해주셨습니다. "시가 무슨 소용이 있느냐고 묻는 것은 무지개가 무슨 소용이 있느냐고 묻는 것과 같다." 저는 이 말을 듣는 순간 하느님의 목소리라고 생각했습니다. 멋으로 시를 쓰던 제게는 날벼락이었지요. 제가 왜 시를 써야 하는지를 일깨워 준 말씀입니다. 그 말이 C. D. 루이스가 한 말이라는 건 나중에 알았지만, 하여간 그 말은 지금도 가끔 생각이 납니다.

데뷔 후에는 우리 동인들에게 가장 많은 영향을 받았죠. 그리고 70년대 초기에는 고은 시인과 가까이 지내며 영향도 받았습니다. 고은 시인은 탐미주의자였지요. 사회도 정치도 죽음까지도 탐미의 눈으로 바라보았던 것 같아요. 물론 제 말이 틀릴 수도 있지만요. 저의 탐미는 오로지 고은 시인에게서 배웠다 해도 틀리지 않습니다. 이를테면 "바람은 꽃 속에서 분다" 같은 표현은 그때 고은 시인의 영향을 받아 쓴 거고, 「나의 악마주의」는 그 대표적인 시라고 할 수 있습니다.

말이 좀 길어졌네요. 하여간 저는 이렇게 훌륭한 스승들에게 시를 배웠는데 아직도 이 모양이 꼴입니다.

구모룡 선생님들 말씀 한 분 한 분 한 시간씩 들어도 지겨운 줄 모르겠습니다.

윤후명 선생님은 본래 윤상규라는 이름으로 시를 쓰셨거든요. 77년도에 『명궁』이라는 시집을 내셨는데, 제가 문청 시절에 많이 읽었습니다. 선생님은 79년에 소설을 쓰셨고 시와 소설을 계속 병행하고 계시는데, 소설 하기까지의 문학 과정의 계기에 대해 말씀해주십시오.

윤후명 고등학교 때부터 시를 평생 쓰려고 했으나 시집을 하나 내고 보니 이 시집으로 다 못 한 얘기가 있다는 걸 알게 되어서 할 수 없이 어렸을 때의 평생 시인으로 살겠다는 뜻을 바꿨죠. 바꿨다기보다는 견강부회해서 자기가 결국은 하나가 아니겠느냐, 그런 생각을 하면서 소설로 왔습니다. 그래도 하나가 아니겠느냐 하는 것을 지키려고 소설에서 뭔가 시를 버려서는 안 되겠다 생각을 했죠. 그러다 어떤 평론가에게서 특징이 시적인 요소가 있다, 이런 얘기도 듣고요. 그래서 오늘날까지 시와 소설을 같이 쓸 수 있게 되지 않았나 생각이 듭니다. 소설을 가르치고 있기도 하고요.

시와 소설을 같이 하는 사람이 많다고 하는데요, 많은 건 아닙니다. 몇 명 있는데요, 시 소설을 같이 쓰는 사람은 거의 없어요.

제가 예전에 말한 적이 있는데, 시와 소설은 같은 뿌리입니다. 지금 시와 소설이 장르가 갈려 있고 사람마저 따로 노는 것 같은데, 잘못된 풍토가 아닐까 해요. 제 소설은 조금 다르다고 하는데요, 요즘 제 소설은 시 해석이기도 합니다. 이 시를 어떻게 썼는지, 그런 얘기를 해요. 그러면서 소설 쓰기가 매우 쉽다, 고정관념을 버리기만 하면 된다, 소설이란 게 어떤 틀이 있다고 생각하는 그걸 버려야 된다, 소설이란 없다, 이러이러한 생김새가 없다, 이게 요체거든요. 그래서 시 덕을 많이 보고 있죠. 이번에 시 쓴 과정을 쓴 「시 창작 유랑기」라는 소설을 쓰기도 했습니다. 옛날에 시 쓰면서 겪은 얘기들 많습니다. 그 일부를 쓴 것이지요. 이것은 앞으로도 더 계속하리라 생각하고 있습니다.

소설이 당선되어 심사위원인 이어령 선생을 찾아갔더니 시인으로 소설을 쓰면 됐지, 왜 또 한 자리를 남의 자리를 뺏냐고, 그러면서도 당분간 시는 잊고 소설에 주력하라고 조언하셨어요. 여러 분야 기웃거리지 말고 한 분야에 몰두하라고요.

구모룡 윤후명 선생님은 표현하는 마음은 시인이고 말씀하시는 것은 소설가 같습니다.(웃음) 또 말씀 들어보기로 하고요.

정희성 선생님은 신춘에 낸 작품이 130행 넘는 작품인데요. 제가 알기로는 본래 서울대 대학원 한문학과 시절 규장각에서 고문

서를 최고로 해독하신 분이라고 소문 들었습니다. 근데 시로 돌아오셨는데, 관심 학문을 포기한 건지 버린 건지, 어떻게 해서 시인으로 사시는지 듣고 싶습니다.

정희성　예, 저는 대학에서 고전문학에 관심을 두고 공부를 했습니다. 그러면서 한편으로는 시 창작을 염두에 두고 있었던 것인데, 그것은 고전에 근거하면서도 현실을 어떻게 표현해낼 것이냐하는 고민을 해왔던 것이죠. 제가 등단하면서 쓴 시가 「변신」이라고 하는 시인데, 그 시가 "고전의 어느 숲을 지나온 강물 위에 지금은……"이라는 구절로 시작이 되거든요. 공식적으로 '고전'이라는 단어를 시어로서 최초로 쓴 셈이지요. 그렇게 해서 나온 시집이 『답청』인데, 그 시집을 보고서 어느 평론가는 나를 고전적인 상상력을 바탕에 둔 시인이라고 평가를 했습니다. 그런데 현실은 고전적인 상상력을 바탕에 두고 안온하게 들어앉아 즐길 수 있는 그런 시대가 아니었어요. 70년대 들어서면서 우리나라가 본격적으로 산업화되기 시작하고 노동 현실의 문제들이 눈에 드러나고, 또 한편 정치적으로도 힘든 시대가 아니었습니까. 지금은 '자유'라는 말을 들어도 별 감동이 없습니다만, 그때만 해도 자유라는 말만 들어도 눈시울이 붉어지던 시절이었지요. 큰 자유를 위해서 작은 자유를 유보하자는 식으로 억압적인 정책을 취했단 말이죠. 이런 현실 속에서 젊은이들이 자유를 위해 몸을 내던지고 쓰러지는 그 속에서 내가 이 시대에 문학을 하는 이유가 뭐냐를 자신에게 되물을 수밖에 없었지요. 산업화 과정 속에서 소외된 노동자들의 그늘진 삶의 정서를 어떻게 표현해낼 것인가, 또 하나  는 억압적인 정치 현실 속에서 쓰러져가는 젊은 영혼들의 넋을 어떻게 달랠 것이냐 하는 이 두 가지 문제가 제 마음속에 자리 잡게 되면서 이 두 개의 축을 중심으로 제 문학이 전개된 것이지요.

한편 저는 68년 대학 졸업 후 바로 대학원에 진학하게 됐죠. 입학하자마자 군대 때문에 휴학을 했지만. 지도교수님이 원래 시가문학에 업적이 깊으신 분인데, 유독 향가에 대한 업적이 없어요. 그래서인지 너는 시를 쓰니 향가를 연구해보는 게 어떻겠느냐, 하는 얘기를 하셨죠. 욕심이 생기면서도 자신을 생각해볼 때 힘에 부치는 일이었습니다. 향가의 문학적 연구는 알다시피 어학적 소양 없이는 사상누각이다, 누가 연구해놓은 해독을 믿고 들어갈 수밖에 없는데 그것이 오류인 것이 나중에 밝혀지게 되면 그에 기초한 문학적 연구라는 게 와르르 무너져 버릴 게 뻔하단 말이죠. 굉장히 위험부담이 많은 거였고 고민스러웠습니다. 이것은 내가 할 일이 아니다, 벅찬 과제구나, 하는 생각을 했습니다. 향가는 어쨌든 우리 서정시의 원형인데, 연구로써 해낼 순 없지만 시 속에서 향가를 살려낼 수 없을까, 그런 생각을 했던 거죠. 『답청』 시절의 시들을 자세히 보면 긴 시도 10행씩으로 떨어져 있는 게 꽤 있고요. 짧은 시는 10행 내외로 되어 있는 등 향가의 형태를 의식하고 쓴 작품이 많이 있습니다. 그러나 내용보다 형식에 치중하는 작업이 별로 바람직하지 않다는 것을 나중에 깨닫게 되죠. 그래서 형식적인 것에 집착하지 않고 당대의 현실을 크게 담아낼 다른 방법이 없겠느냐 고민하면서 문학을 하게 됐습니다.

구모룡 네 분 선생님 말씀을 들어보니까 네 분 다 마음속에 고래를 품고 계시는 고래 같으신 분들이라는 생각이 들기 시작합니다. 여러분 그렇죠?(웃음)

이제 10분 정도 연주를 들으며 여유를 가진 뒤 계속해서 2부 토론 이어가도록 하겠습니다.

〈클래식 공연 : 고충진〉

구모룡 1부에서 초기에 활동한 70년대 이야기들을 하셨습니다. 그 뒤에 지금까지 50년 동안 평생 활동해오면서 작품 활동이 식지 않고 깊어졌고 더 넓어졌다는 생각이 드는데, 그런 말씀을 조금 나눌까 싶습니다.

먼저 김형영 선생님께 여쭙겠습니다. 선생님은 작품에서 인간에 대한 환멸, 사회에 대한 풍자, 종교적인 가치, 이런 것을 같이 말씀을 하고 있는 것 같습니다. 가톨릭 신도들한테 종교적인 것과 시하고 어떻게 잘 이렇게 육화해서 가져가시는지, 흔히 종교가 시를 내리는데 선생님은 그렇지 않은 것 같습니다. 선생님, 맞습니까?

김형영　60년대 말에서 70년대 초에는 저항시 비슷한 시를 썼지요. 힘없고 핍박받는 사람들을 대변한답시고 동물시를 좀 썼지요. 모기, 지렁이, 박쥐, 뱀 등등. 그러다가 70년대 중반에 중병에 걸려 가톨릭에 귀의했습니다. 죽음이 눈앞에서 기다리고 있을 때입니다. 울지 않는 죽음을 맞이하려고 종교에 귀의한 것입니다. 천주학쟁이는 죽음 앞에서도 울지 않는다는 말을 어렸을 때 들은 기억이 떠올랐고, 그 말이 그때 나를 성당으로 이끌었나 봐요. 대개들 그렇듯이 신앙을 가진 초기에는 호교론적인 신자가 되지요. 교회에서 가르치는 대로 무조건 믿고 따릅니다. 돌아보면 그때 쓴 시들이 제 50년 시단 생활에서 가장 맥이 빠져 있습니다. 시적 긴장감이나 관찰력도 떨어져 있고요.

요즘 들어서 조금 종교에도 철이 들었는지, 묻고 따지며 믿습니다. 그렇게 된 데는 까닭이 있지요. 산책입니다. 여유입니다. 그리고 『만들어진 신』이라든가 『무로부터의 우주』, 그리고 진보적 신학자인 정양모 신부님의 영향도 그 못지않게 컸지요.

저는 10여 년 취미 삼아 낚시를 즐겼습니다. 그 후 10년 이상은 산책을 즐겼습니다. 아침 먹고 집 앞 관악산을 두 시간 산책했습니다. 자연과 만나면 마음이 그렇게 편할 수가 없어요. 3월이면 진달래가 꽃을 피우지요. 그런데 그 꽃 피는 걸 가만히 들여다보고 있으면 마치 아기가 엄마 눈을 바라보고 옹알거리는 거 같아요. 엄마와 아기의 완전한 교감, 놀랍지요. 그때 저도 자연과 교감할 수 있겠다는 어떤 예감 같은 것을 받았습니다. 사물을 새롭게 발견하는 겁니다. 산속을 걸으면서 모든 살아 있는 것들과 만남, 거기서 경이로움뿐 아니라 기쁨도 느꼈습니다.

하느님이 만물을 창조했다지만 창조된 만물은 나름대로 모두 하나의 독립된 생명체지요. 가끔은 사물이 신처럼 느껴질 때도 있어요. 범신론입니다. 어찌 보면 시인은 범신론자 아닌가요? 헛소리 같은 소리를 좀 하자면, 범신론과 만유내재신론을 정의하자면, '범신론은 모든 것이 하느님이고, 하느님이 모든 것'이지요.(하느님의 초월성을 무시) 그러나 '만유내재신론은 모든 것이 하느님 안에 있고, 하느님이 모든 것 안에 있다'는 것이지요. 그러니까 만물은 하느님의 사랑이 담겨 있지만 하느님은 아니라는 것이지요.

자연과 즐기면서 저는 제 나름대로 그 어렵다는 삼위일체의 신비도 이렇게 정리했습니다. 나무는 하느님, 꽃은 예수님, 향기는 성령. 다들 그건 좀 지나치다고 하지만 저는 그렇다고 우깁니다. (저의 시「헛것을 따라다니다」를 참조해주시면 고맙겠습니다.) 하여간 요즘 저는 그런 생각과 감정으로 사물을 대하고 느끼며 시를 씁니다.

구모룡 1부 끝자리에 정희성 선생님이 고전 공부 하면서 낸 첫 시집『답청』의 그런 세계를 말씀하셨습니다. 그리고 70년대를 지나면서『저문 강에 삽을 씻고』가 우리에게 던진 게 분명히 크지 않습니까? 그 뒤에도 시집 제목이『시를 찾아서』인데, 그 뒷얘기를 이어주시면 좋겠습니다.

정희성 아시다시피 70년대 제가 관심을 가지고 해왔던 작업들은『저문 강에 삽을 씻고』에 반영되어 있습니다. 그 시집이 78년에 나왔는데, 13년이 걸려서야『한 그리움이 다른 그리움에게』가 나오게 되었죠. 이 과정에 80년대가 있는데, 5월 광주로 받은 정신적 충격이 문학적으로 활발하게 나타나지 못하고 자기성찰의 모양새로 움츠러든 게 아닌가 생각을 하게 됩니다. 70년대의 억압적인 현실 속에서 비판적인 목소리를 내고 사물을 고운 눈으로 바라보기보다는 도끼눈을 뜨고서 똑바로 이 사회 현실을 봐야겠다는 그 생각에 사로잡혀서 시를 써왔기 때문에 제 언어들이 거칠어지고 마음이 황폐해지는 느낌을 받았어요. 그러면서 91년에『한 그리움이 다른 그리움에게』라는 시집을 내면서 '그리움'이라는 단어를 쓰게 되었죠. 최근까지도 제일 많이 쓴 단어 중의 하나인데, 그리움이라는 단어는 증오의 언어에서 벗어나 사랑의 언어를 찾고자 하는 몸짓이었고, 그것은 과거에 대한 향수의 개념이 아니라 마땅히 있어야 할 것이 있지 않음에 대한 어떤 아쉬움의 뜻으로 사용된 말이었습니다.

「한 그리움이 다른 그리움에게」를 아까 낭송해주셨습니다만, 그 시는 분단된 우리 현실 속에서 남과 북이 다시 만날 수는 없는가를 사랑의 언어로 표현한 예가 되겠죠. 통일을 염두에 둔 시로는 그전에 제가 쓴 「8·15를 위한 북소리」가 있습니다마는 제가 생각하기에는 그런 미움의 언어로는 통일에 이르기 어렵다는 판단을 했습니다. 증오심을 바탕을 둔 언어라고 생각이 되었죠.

민주화가 되면서 생각해보니 내 문학적 역정 가운데 가장 젊었던 시절을 군사정권 속에서 바쳐온 셈인데, 이 시절 제가 미움의 언어에 길들여져 사랑의 언어를 다루는 데 아주 서툰 자신을 발견하게 되고, 그래서 나 자신을 다시 찾아 나서는 그런 생각으로, 시라는 게 도대체 뭐냐, 자기 자신에게 되묻게 되는 계기가 오게 되는데, 그것이 『시를 찾아서』라는 시집의 제목이 되었습니다.

구모룡 선생님께서 삶의 과정과 시의 과정이 서로 따로 떨어져 있지 않다고 말씀해주셨습니다. 그러면서 시를 찾아가는 과정들을 말씀해주셨습니다. 그런데 강은교 선생님의 작품을 보면요, 끊임없이 율동의 변화가 있거든요. 계속 유지해오는 비결이 뭡니까? 선생님, 『허무집』부터 해서 율동들이 바뀌고, 그 생동하는 에너지가 무엇인지 말씀해주십시오.

강은교 에너지라고 말씀하셨는데 영광스럽습니다. 시적 에너지, 글쎄요. 오늘 우리 동인들이 아닌가 싶어요. 아까도 말했지만 우리 동인들 나에게 용기를 주었다, 정년 이후에도. 그런 용기를 주는 그런 힘, 동인들의 힘을 비롯한 그런 것들 때문 아닌가 싶기도 하고요. 조금 더 들어가면 실패 의식, 또는 고독과 소외라는 내 시를 키운 힘, 고독과 소외 의식, 아까도 엘리엇 얘기가 나왔지만, 그의 「프루프록의 연가」에서 가장 중요한 테마는 소외거든요. 그건 정말 세계적인 보편성을 지닌 것이겠죠. 도덕이나 소외라는 의식, 그것이 아마 먹히는 것이 아닌가 싶어요.

저는 새벽부터 6시 정도의 어스름 전까지는 신데렐라 구두처럼 기고만장하고 언어로써 세계를 제패할 것 같은 마음으로 시를 쓰고 그래서 시를 보내게 되죠. 책이 오면, 이건 아니었는데, 이런 게 아니었는데, 이런 생각에 또 시를 쓰게 되죠. 그런 실패 의식, 어떤 소외 의식, 고독 의식이 나의 시를 키운 것들이 아닌가 생각되고요. 그러다 보니까 저는 한심한 사람이에요. 모든 것이 시를 중심으로. 그래서 제가 부산에서만도 굉장히 이사를 많이 했어요. 주기를 들여다보니까 6년마다 한 번씩 이사를 했더라고요. 그러다 보니까 일생이 흘러버렸어요. 내가 왜 이사를 했냐 생각해보니까, 그 집 좋았는데 시집이 한 권 나오고 나면 더 이상 그 동네에서는 이미지가 건져지지 않는다 말입니다. 그러다 보니까 또 새로운 이미지를 찾아서 새로운 공간을 찾아서 옮겨 가게 되다 보니까 부산을 한 바퀴 돌게 되어버렸어요. 해운대 쪽만 빼놓고. 돈 되는 쪽만 빼놓고. 그래서 어떤 선생님들은 나보고 혹시 부동산 투기 하는 건 아닌가, 이런 얘기 한 적도 있었어요.(웃음) 저는 돈을 번 건

없고요. 오히려 손해 보고 괜히 멀쩡한 집 팔고, 저는 재주가 없습니다. 한 군데에 살고는 쓰지를 못하니까. 저는 어디 몇 박 며칠을 다녀와 기행시를 쓰는 사람들 정말 존경스럽고 그래요. 어떻게 저렇게 쓸 수 있을까, 뭐가 나올까. 저는 도대체 그런 재주가 없어요.

내가 하는 일은 어떤 공간성이 토대로 자리 잡으면서 그것이 추상화될 때, 그때 정말 보편성을 얻는 것 같아요. 처음부터 추상으로 시작하거나 아니면 어떤 관념으로 시작하면 제대로 된 어떤 은유가 되지 않는다, 라는 그런 생각이 들었고, 그것은 아직도 나를 끌고 오고 있습니다. 그러다 보니까 자꾸 공간을 바꾸고 몸에 이미지를 자꾸 새것으로 바꾸고 싶어 하고, 이러다 보니까 새 시집을 쓸데없이 많이 낸 결과가 돼버렸습니다. 어떻게 보면 쓰레기를 참 많이 만든 그런 사람이 아닌가 싶어요. 근데 살아 있다는 거 아니에요.

구모룡 겸손의 말씀입니다.

강은교 살아 있으니까 쓰레기를 만들지, 라는 그런 생각도 요즘 들어요. 그렇습니다.

구모룡 시를 읽을 때 우리가 주의 깊게 봐야 될 게 한 시인의 시에서 세계관이나 표현 이미지가 어떻게 변하는가인데, 이것을 간과하거든요. 근데 선생님 시를 볼 때 그것을 굉장히 중요하게 생각하는 것을 볼 수 있습니다.

선생님 말씀에 이어 이제 윤후명 선생님, 2012년에 『쇠물닭의 책』을 내셨죠. 선생님은 뭐, 천생 시인인데 소설을 쓰신다, 이렇게 봐도 되겠습니까? 아니면 그 구분하는 게 아까도 말씀하셨듯이 그냥 시지, 소설도 시고 시도 시고 다 시지, 어떻게 생각하시는지 아까 말씀에 이어서 해주십시오.

윤후명 소설이 팔리지 않는다, 그런 말을 하는데, 실제로 수많은 요소가 있겠습니다만 소설가들 자체의 반성이 먼저라는 생각이 듭니다. 우리나라는 소설가가 되기 제일 쉽다는 말도 있습니다. 공부 안 해도 된다고요. 이런 우스꽝스러운 말이 또 어디 있습니까. 다만 지금 우리나라 소설은 급격히 변하고 있어요. 어쨌든 과거의 소설과 전혀 다른 소설이 당혹스럽게 많이 나오고 있어요. 독자들이 과연 소화할 수 있느냐, 우리 민도에 맞는가, 하는 문제도 있어서 지금 소설은 과도기에 있다고 여겨집니다. 이런 진통이 늦게 시작된 감이 있습니다.

우리 소설은 이제 시작이다, 완전히 다른 형태로 다시 태어나고 있다는 것입니다. 외국에서 들어온 어떤 소설들의 영향도 있겠습니다만, 소설은 단순히 서사라고 여겨졌던 개념에도 변화가 오고 있어요. 새로운 소설이 절실하게 필요하다고 하겠습니다. 과거의 백년 동안의 문학의 역사를 딛고 이제 시작점에 우리는 섰습니다. 무엇보다도 우리의 의식이 바뀌어야 합니다. 소설은 문장인데요,

여기서 우리가 쓰는 문장을 진정한 한글로 써야 한다는 깨달음이 필요하게 됩니다. 우리가 문장으로 쓰는 이것이 참으로 우리의 글인 한글인가 하는 물음에서부터 시작해야 합니다. 그래야 우리의 글인 한글의 마음을 우리의 마음으로 삼을 수 있겠지요.

구모룡 그야말로 온몸으로 추구하는 게 그게 시고 소설이다, 이런 말씀인 것 같은데, 특히 언어를 그렇게 써야 한다고 말씀하셨습니다. 그런데 2001년에 정희성 선생님께서 『시를 찾아서』라는 시집을 내셔서 충격을 주었습니다. 시간도 많이 갔고, 청중들에게 이제 시를 추구하는 입장이라든지 태도에 대해 말씀을 해주십시오.

정희성 제가 평생 걸려서 쓴 시집이 여섯 권밖에 안 됩니다. 지나치게 과작이긴 한데, 앞에 세 권에 이어 2001년 『시를 찾아서』를 쓰면서 16년 동안에 『시를 찾아서』『돌아다보면 문득』『그리운 나무』등 세 권을 냈죠. 좀 속도가 붙은 걸까요? 그런데 저의 초기 시에 관심을 두었던 사람들은 저한테서 어떤 저항의 이미지가 지속적으로 강화되기를 기대했던 거 같아요. 『시를 찾아서』이후에 나온 사랑의 언어에 기초한 시들이 유약해 보이고, 저항성을 포기해서 실망스럽다고 하는 사람들이 있다는 것을 알게 되었습니다. 그래서 제가 그 자리에서 그런 얘기를 했습니다. 내가 사십 몇 년간 시를 써오는 동안에 그냥 젊었던 시간을 억압적인 상황 아래서 보내면서 그 시간에 노래했어야 할 사랑의 시 한 편 쓰지 못하고 늙어버렸다, 그래서 지금 그러한 시를 쓰는 것은 내 시의 세계가 편협한 데서 벗어나서 더 확장되고 넓어진 것으로 봐줄 수는 없느냐고요.

우리는 산업화 이후에 사십 수년 간, 제 시의 이력과 맞먹는 동안, 얻은 것도 많지만 한편으로 잃어버린 것은 없는가, 이런 거를 되물어봐야 할 시점이 됐다고 봅니다. 산업화 과정 속에서 경제적인 규모는 커졌지만, 자연은 파괴되고, 기후 변화가 오고, 빈부 격차는 심화되고, 남북 갈등은 더 첨예하게 되어가는 이런 상황을 앞에 두고 그냥 대결 의식만 가지고 맞닥뜨려 깨져버리느냐, 그야 장렬한 느낌은 있겠지만 그것 가지고는 해결이 안 되는 게 있다, 대결 의식만 가지고는 우리 문학을 황폐하게 만들고, 그러한 작품을 쓰는 시인 자신마저도 황폐화되기 십상이기 때문에 어쨌든 남은 생애가 얼마나 될지는 모르지만 그동안 그래도 사랑의 언어로 세상을 너무 미워했던 것에 대한 반성을 하며 세상을 껴안아 볼 수는 없는가, 이런 생각을 하게 됩니다.

구모룡 김형영 선생님, 오늘날 종교는 자본주의 아닙니까? 이런 시대에 선생님, 어떤 하고 싶은 말씀이 있다면 말씀해주십시오.

김형영 저는 그냥 걸으면서 생각하고 생각하면서 걷습니다. 떠오르는 한 구절을 기록하는 데는 책상이 필요 없지요. 휴대전화에도 노트합니다. 책상 앞에 앉아 시를 쓰는 건 익숙지 않아서 그런

지 컴퓨터 앞에 앉아 시를 쓴다는 시인을 만나면 경이롭고 존경스럽기까지 합니다. 그런 점에서 저는 아직 촌티를 벗어나지 못한 것 같습니다. 그래서일까요, 저는 젊은 시인들의 시가 어렵게만 여겨집니다. 요즘 우리 시의 한 흐름이랄 수 있는 '부조리시'는 재미도 있고 어법도 뛰어난 건 사실이지만 종잡을 수가 없고 감동이 안 와요. 머리로는 이해가 되는데 가슴으로 오지 않아요. 시도 머리로 이해해야 되는지 모르겠습니다. 어제나 오늘이나 저는, 시는 자신의 삶을 형상화시키는 것이라고 믿고 있으며, 시는 머리로 쓰는 게 아니라 가슴으로, 감동으로 쓰는 것이라고 고집하고 있으니까요. 끝으로 목월 선생님이 들려준 "시가 무슨 소용이 있느냐고 묻는 것은 무지개가 무슨 소용이 있느냐고 묻는 것과 같다"라는 말을 되새기고 싶습니다. 저는 아직 그 정신으로 시를 쓰고 있고, 앞으로도 그렇게 쓰다가 사라질 것 같습니다.

구모룡 오늘 이 자리는 강은교 선생님이 가까이 계시는 덕분으로 네 분을 모시게 된 것 같습니다. 덕담 한마디 해주십시오.

강은교 아까 정희성 시인이 마지막 멘트에서 '남은 생애'라는 말을 쓰시다니! 저희가 무슨 남은 생애입니까? 남은 생애, 이런 말은 안 쓰기로 했고…….

아까도 말씀드렸지만 나는 결론이 아니다, 가능성이다. 우리 사회는 너무나 은퇴를 강요해요. 정년 했다고 하니까 정년 한 지

몇 년 되었습니까? 요즘 무엇으로 소일합니까? 우리 문학 하는 사람들 그런 비슷한 경험이 많을 거예요. 나는 무얼 하는 사람인데, 글쎄 무얼 하십니까? 아무것도 안 한다는 식으로 얘기하는 거죠. 여기 글 쓰는 사람들 다 마찬가지일 거예요. 제 경우엔 밖에 나가면 일하는 걸로 생각해요. 오늘 어디 가십니까? 어우, 시간이 없으시네요. 오늘 집에 있다고 괜찮다고 말하면, 별일 없으시네요, 그러면 놀러 가죠, 이래요. 저는 근데 반대로 집에 있는 시간은 글 쓰는 시간이죠. 밖에 나가 다니는 시간은 나는 죽는 시간이죠. 물론 들여다보기를 하는 시간이죠, 쓰는 시간이 아니고. 그러면서 이야기를 많이 건지는 선작업의 시간이지 일하는 시간은 아니라고요. 정년을 했다고 하니까 다 논다고 생각하는 사회에서 아까 '남은 생애'라는 말을 들으니 슬픈 느낌이 들어서 말씀드리는 것뿐이에요.

아무튼 나는 결론이 아니다, 가능성이다. 앞으로의 문학의 힘 아니겠는가. 학교에서 '시 스터디' 그룹에서 지도교수를 한 적이 있는데, 그때 가끔 아주 난해한 시들을 볼 때 굉장히 반가웠어요. 일단은 젊음은 난해하다, 난해한 걸로부터 시작한다. 나도 옛날엔 굉장히 난해했어요. 그러면서 슬슬 기성세대화한다는 것은 무엇일까? 기성세대화한다는 것은 정형화한다는 것이다, 이렇게 생각할 수 있죠. 상투화한다, 상식화한다, 인생 성찰화한다. 그러니까 젊음은 정형화할 수가 없는 거죠. 젊음은 난해할 수밖에 없어. 기성세대가 이해 못 해요. 이해하지 못하니까 좋은 거예요. 우리가 이해한다는 것은 정형화된다는 걸 받아들인다는 뜻이니까 거기서 나는 벗어나고 싶어요.

나는 언제 죽을지 모르지만, 항상 가능성이다, 라는 말을 하고 싶어요. 그래서 계속 난해하도록, 정형화되어 있지 않은 난해성, 그런 것을 내 시에서 바라죠. 그 꿈이 갈수록 주책이죠. 그런 꿈이 많아져요, 내 시는. 뭔가 앞으로 계속 나아가고 있어요. 다시 말하면 문학도 계속 진화해나가야 한다고 생각해요.

조금 전에 윤후명 선생님이 한글 말씀을 하셨는데요, 좋은 말씀인데요, 또 이렇게도 생각할 수 있어요. 한자가 속에 든 한글, 그러나 그건 우리의 말이에요. 우리는 지금 그것을 도구로 그 무엇인가를 얘기하고 있는데, 그 무엇인가를 얘기하는 그 '무엇'인가가 중요하지 않겠느냐 하는 것입니다.

시라는 것은 정말 자연스럽게, 또는 많은 예술가들이 말하는 것처럼 우연, 굉장한 들여다보기를 통해서 우연을 통해서 구상이 완성되고, 그 구상이 우연에 의해서 또 한 번 뒤집어져서 추상화되는, 구상의 추상화, 추상의 구상화, 이렇게 진행되어갈 때 그래도 내가 한 달 후에 시지에 나오는 내 시를 볼 때 그래도 참 괜찮다, 이 정도로 쓰면 괜찮다, 라는 마음을 가질 수 있을 거 같습니다.

아무튼 계속 진화해야 한다, 현재를 살아야 한다, 그 말은 정말 한없이 해도 또 해야 하는 말인 거 같아요. 그래서 나는 죽을 수가 없어요. 구상의 추상화! 언젠가는, 언젠가는 그것을 한번 잘해보겠습니다.

구모룡 네 분 선생님들 말씀은 밤새도록 들어도 한 말씀도 놓칠 게 없습니다. 얼마 전에 부산의 한 모임에서 김성종 선생님께서 어느 후배님이 원로라고 해서 굉장히 화를 내면서 그러시더군요. 앞으로 원로는 부산에서 금지 말이다.(웃음)

여러분들 젊을 때 시인 아닌 사람 어디 있냐, 그 말은 옛날 말이 되었고, 이제부터 문학은 40대 후반, 50대부터 하는 것이다, 시는 멈춰 서서 돌아보는 것이고 새로운 삶을 생각하는, 방금 강은교 선생님 말씀처럼, 문학의 고령화라는 말은 절대로 부정적으로 보아서는 안 됩니다. 문학이라는 패러다임이 나이 들어서 하는 문학이다, 이렇게 바뀌어야 됩니다.

오늘 네 분 선생님들께서 정말 좋은 말씀들 많이 해주셨습니다. 여러분들 돌아가셔서 작품 쓰는 데 많은 도움이 되길 바랍니다. 그런데 죄송한 말씀은 독자 여러분들 말씀을 듣지를 못했습니다. 서로 대화를 해야 되는데 질문할 시간이 없습니다. 양해해주십시오. 네 분 큰 시인들 모시는 바람에 그럴 시간을 못 가졌습니다. 그런데 주최 측에서는 지금 밥이 익어서 누룽지가 다 되어간다고 합니다.(웃음)

예, 강은교 선생님 마지막으로 한 말씀 해주십시오.

강은교 예, 제가 여기 부산에 살고 있는 사람이니까 한마디로 끝을 낸다면, 문학이야말로 지금 구모룡 선생님 말씀하신 것처럼 나이 먹은 사람들이 하는 게 문학인 거 같아요. 시야말로 나이 먹은 사람이 하는 것이다, 프랜시스 베이컨이 "그림이 나이 먹은 사람의 예술"이라고 말했는데, 나는 그 말을 베이컨 만날 수 있다면 취소시키고 싶어요. 문학이야말로, 그중에서도 시야말로 나이 먹은 사람만이 할 수 있는 그런 것이다. 젊음은 너무 난해하잖아요. 난해하니까 좀 익어야지. 그러면서 실례가 될지 모르지만, 우리 동인들 다 익은 사람들입니다.(웃음) 그렇게 마지막으로 말씀드렸습니다.(박수)

구모룡 여러분 박수 부탁드립니다.